독자님, 이렇게 책으로 만나뵙게 되어 영광입니다.

블로그, SNS, 유튜브 등에 이 책을 읽은 리뷰를 남겨주시면

큰 힘이 됩니다.

리뷰에는 사진을 찍어 올려주시면 더욱 감사합니다♡

동영상으로 촬영하셔도 됩니다.

독자님의 따뜻한 감상평은 독서의 시간을 더욱 아름답게 할 것입니다.

앞으로도 더 좋은 책으로 만나뵙겠습니다.

엄마라서 괜찮은 하루

엄마라서 괜찮은 하루

글 · 사진 김미진

생각의빛

PART 1

지도 위에 취향을 새기다

여행지에서의 의식

여행을 가면 나는 혼자 아침을 일찍 여는 것으로 시작한다.

사람이 붐비지 않는 미술관에서 예술가들의 혼과 오롯이 마주하기 위한 것도, 맛집이라 불리는 핫플레이스에 가서 그곳의 가장 인기 있는 자리에 착석하기 위함도 아니다.

여행지에서 가족들이 잠들어있는 고요함과 곧 시작될 하루의 설렘 사이를 비집고 침대 속에서 조용히 미끄러져 나온다. 겉옷을 대충 걸치고 카메라 하나만 챙기고는 세상 모든 아름다움을 마주할 포부를 가지고 발을 내딛는다. 여기서 중요한 건 민낯으로 나와야 한다는 것.

씻고 화장을 하거나 아니면 어떻게든 누군가를 의식한 '준비'라는 것을 하고 나오면 절대 이 기분을 느낄 수 없기에 필히, 꼭, 반드시, 나는 민낯으로 나온다. 그리고는 동트기 전의 공기를 한 움큼 들이마시고 그들을 내 민

낮의 피부에 흡착시킨다.

그렇게 새벽의 공기를 온몸에 칭칭 휘감은 채 여행지의 골목과 아름다운 해변가를 그리고 작은 다리 위를 걸어 나가는 것이다. 누군가에겐 여느 때와 다름없는 평범한 출근길일지언정, 떠나온 이에겐 온갖 영감을 선사해주는 시공간으로 변모한다.

특별한 것 없는 횡단보도가 나에게 비치는 빛의 명암에 따라 그 길은 비틀즈가 나란히 걸었던 영국의 어느 도로가 되고, 퐁피두센터 앞 모퉁이에 위치한 어느 펍(Pub)은 밤새 젊음의 열정을 불태우던 그들의 열기가 아직 식지 않은 채로 남아 있다.

점점 아침의 태양에 눈이 부시기 시작하면, 나는 그 모퉁이를 돌아 동네의 골목 어귀로 깊숙이 들어간다. 누군가의 부엌에서 흘러나오는 달그락거리는 그릇 소리, 알아들을 수 없는 언어로 흩어지는 중년 아저씨의 목소리, 그 집 앞을 지키고 긴 하품을 늘어뜨리는 갈색의 고양이, 그리고 골목 끝의 작은 카페에서 커피를 내리고 있는 바리스타의 모습에 나의 시간이, 나의 호흡이 멈춘다.

그래, 나는 이런 소리를 듣고 보기 위해, 이 시간이 그리워서 여행을 떠나온 것이다.

이른 새벽녘 고요함 속의 생기를, 해가 질 때 아련함 속의 떨림을 고스란히 꼭 껴안고 작은 숨을 토해내기 위해서.

동이 트고 나면 시작될 오늘의 일정보다
나에겐 더 중요한 일, 아니 의식이다.

여행을 떠나지 못하는 오늘,

어스름이 깔린 길을 걷고 또 걸었다.

여전히 민낯으로 오직 카메라만 지고서.

웅크린 시간마저 고마울 때

그저 주어지는 것, 그저 흘러가는 것이 없었던 지난 세달.

그 누구도 그 어떠한 것도 나에게 위로가 될 수 없었던 시간 속에서 막 빗나가고 싶기도 했고, 또 나 자신을 타자화시켜 애써 외면해 보기도 했었다. 팍팍하기만 했던 시간의 긴 터널 속에서 벗어나 뉴욕으로 가는 비행기 안에서 무거움의 잔재들이 가벼워지기 시작했다. 높은 압력을 헤치며 빠른 속도로 나는 비행기 안에서 나는 책을 읽고, 노래도 들을 수 있게 되었으니 말이다.

마음이 한없이 추락할 때는 매일 읽던 책 한 권의 무게도 너무나 버거웠고, 평소 즐겨 듣던 노래도, 멜로디들도 짙은 소음으로 밖에 들리지 않았다.

그랬던 내가 지금, 나를 들여다볼 수 있게 되었다는 사실이 무척이나 어색하면서도 기쁘다. 이러한 정신적인 메시지를 흠뻑 느끼게 하려고 나에

게 인고의 시간을 내어 준 게 아닌가 하는 생각까지 들었으니 말이다.

어떤 일이든 영원한 것은 없다.

감정의 소용돌이는 휘몰아치다 언젠간 잠잠해진다.

시간이 지나면서 극한의 감정도 무뎌지는 걸 보니 이렇게 기억의 테두리를 만들고 없애는 건 오롯이 나의 마음의 영역이란 확신이 들었다.

나는 다시 평화로운 일상의 감정선을 찾기 시작했고, 당신에게도 곧 그런 날이 올 것이라고 말해주고 싶다.

비행기 안에서 꿈을 꾸다

지금은 뉴욕으로 가는 비행기 안이다.

친정엄마와 남동생 그리고 29개월 된 딸아이와 함께 뉴욕의 가을 속으로 날아가고 있다. 새벽부터 공항에 오느라 피곤해진 몸을 각자의 방법으로 즐기면서 말이다.

친정엄마는 오랜만의 여유로운 시간에 들뜬 표정이다. 그리곤 이내 헤드폰을 끼고는 레드와인 한 잔에 영화를 보면서 혼자만의 시간을 즐기기 시작하셨다. 딸아이는 자신이 챙겨온 인형과 장난감 등으로 시간을 보내다가 나의 다리에 자신의 앙증맞은 두 발을 올리고는 깊은 잠에 빠졌다. 이제 나만의 시간, 드디어 입가에 미소가 지어진다.

오래전에 읽은 무라카미 하루키의 여행 에세이 '비 내리는 그리스에서 불볕 천지 터키까지'를 챙겨왔다. 여행 갈 때 하루키의 책은 빠지지 않고 꼭 한 권을 챙기는 데, 주로 읽어본 책 중에서 골라간다. 예전에 읽었을 때와 여행지에서 읽었을 때 확연히 다른 느낌이 들기 때문이다. 그때는 분명 이 부분이 와닿고 마음에 들어서 줄을 그은 부분이 지금은 아무렇지 않게 지나가고 새로운 문장이 마음에 훅 들어올 때가 있다. 이 미묘하고도 설명 하기 힘든 간극을 느끼기 위해 이왕이면 읽었던 책을 챙겨오는 것이 나만 의 여행책 선정방식이다.

그렇게 나의 스펙트럼 속에서 이리저리 부유하다가 그리스와 터키에 꼭 가보고 싶다는 생각을 한다. 하루키가 1988년에 그곳에서 보았던 풍경들 과는 많은 부분이 달라졌을 것이고, 그가 순례 여행지에서 목숨을 위협받 던 그 험난한 경험들은 할 수 없겠지만 이스탄불의 거대한 블루 모스크의 위엄을, 아토스 반도를 찾아온 순례자들의 길을 함께 걸으며 그 공기를 느 끼고 싶었다.

"엄마, 우리 다음에는 터키랑 그리스로 여행 갈까?"

"그래, 터키는 가보고 싶더라. 소금으로 만든 곳, 이름이 뭐더라? 거기는 꼭 한번 가보고 싶더라."

"아~ 파묵칼레. 엄마 우리 조만간 꼭 가보자. 거기서 석양을 보면서 온천 도 하고, 맛있는 와인도 마시고."

"그래, 물에서 노는 것만큼 몸과 마음이 좋은 일은 없지."

이렇게 여행지로 향하는 비행기 안에서 다음 여행지를 계획하고, 서로 같은 곳을 꿈꾸며, 모녀의 대화가 한껏 부풀어 오를 수 있다는 것.

이미 우리는 이른 새벽, 카파도키아의 열기구에 올랐다.

농밀한 행복감이 젖어오는 순간이다.

부부, 각자 그리고 또 같이

남편 없이 여행을 떠날 때마다 드는 큰 걱정은 어린 딸아이의 전적인 보호자가 되어야 한다는 부담감도, 혹여나 추운 날 길을 잃고 헤맨다거나 여권이나 핸드폰과 같은 중요한 물건을 잃어버리는 것도 아니다. 오로지 남편을 여행 내내 그리워 할 나를 마주하는 것이다.

이번 여행은 남편 없이 떠나는 세 번째 해외여행이라 좀 익숙해졌을 거라고 생각했지만, 아직도 허전한 마음이 드는 걸 보니 어쩔 수가 없다. 좀 쿨하게 "나는 나고, 너는 너, 그렇기에 잠시 떨어져서 잘 지내다가 만나자." 라고 하고 인사를 해야 하는 것이다.

그러나 현관문을 나가는 순간부터, 공항으로 가는 리무진 버스 정류장에서도, 그 버스에 올라 탄 뒤에도, "밥 잘 챙겨먹고, 술은 너무 많이 마시지 말고, 다른 건 몰라도 음식물 쓰레기가 생기면 그건 바로 갖다가 내놓고, 늦게 들어오더라도 꼭 연락은 하고."

상대에게 별 와 닿지 않을 법한 얘기인 걸 알면서도 나는 줄줄이 늘여 놓는 말들로 내 불편한 마음을 대신한다.

밥은 알아서 잘 챙겨먹을 것이고 술을 많이 마시지 말라고 해도 어차피 기회를 만들어서 마실 것이고, 음식물 쓰레기를 버리는 일은 나처럼 깜박하는 법도 없는 데 말이다. 나는 진짜 하고 싶은 얘기를 정작 변죽을 다 울린 후에야 내뱉고 만다.

"나 없이 너무 즐겁게 지내지는 마."

결국 내 속마음을 털어놓고서야 나는 민망함에 얼굴이 붉어진다. 정작 아내는 여행을 가면서 회사로 출근하는 남편에게는 너무 즐겁지는 말라니.

혹여나 남편이 일말의 해방감을 느끼고, 눈가에 약한 주름이 잡히고 입가에 미소가 번지는 게 어렴풋이 느껴만 져도 남편에게 섭섭한 티를 낼 나를 잘 알기 때문이다.

이렇게 아직도 남편 바라기라니.

여하튼 공식적인 남편의 해방주간이다.

적당히 즐기며 잘 지내고 있기를!

뉴욕 중고서점, 스트랜드 북 스토어
Strand Bookstore

나는 책이 가득한 공간에 들어섰을 때 편안한 감정을 느낀다. 수많은 책들이 토해내는 그들만의 냄새는 샤넬 No.5 향수의 잔향만큼이나 나를 설레게 한다. 여행을 다녀온지 네 달이 지났지만 아직도 뉴욕의 향기가 내 곁에 머무르는 건 그때 방문한 서점들의 영향이 크다.

뉴욕을 떠올리면 빽빽한 빌딩숲에 바쁘게 움직이는 사람들과 교통체증, 비싼 물가 등을 떠올리며 답답함을 느낄 수 있지만, 그 도시가 가진 다양한 문화적인 장을 경험해 본다면 역사가 짧은 미국은 파르테논 신전을 가진 그리스만큼이나 매혹적으로 다가온다.

우리가 뉴욕여행이라고 인터넷 검색창에 쓰면 1순위부터 쭉 뜨는 그런 관광지 이외에도 그들만의 작은 마켓, 소공연장, 불쑥불쑥 나타나는 공원들, 각종 개인전이 열리고 있는 갤러리, 개성 강한 독립서점, 또 그 연장선에서 대를 이어 운영되고 있는 중고서점, 그리고 그 속에 피어 있는 그들의 독서 문화 등은 뉴요커 그들만이 자부심을 갖기에 충분해 보인다.

그중에서 세계 최대 규모의 중고서점인 스트랜드 서점(Strand Bookstore)은 3대째 대를 이어 90년 가까이 운영되고 있는 역사 깊은 곳이다. 유니언 스퀘어 공원(Union Square Park) 근처에 위치한 이곳은 'OLD, RARE, NEW, BOOKS BOUGHT&SOLD, STRAND BOOKSTORE' 라고 빨간 간판에 적혀서는 신선하게 이목을 끈다. 그리고 '18 MILES OF BOOKS'를 슬로건으로 서점에 있는 책을 줄 세워 늘어뜨리면 18km가 된다는 의미로 현재는 훨씬 긴 29km에 달한다고 한다. 그래서 책과 서점에 별로 관심이 없는 관광객이라도 지나가는 길에 이 곳을 발견한다면 한 번쯤 발 도장을 찍고 가는 경우도 많고, 나처럼 서점 여행을 즐기는 사람에게는 뉴욕에서 꼭 들려야 할 대표적인 서점 중 하나인 곳이다.

하루에도 수많은 책들이 들어오고 나가기에 매일 와도 새로운 책을 만날 수 있다고 하는데, 관광객들 사이로 바쁘게 사다리를 오르내리며 책 정리를 하는 직원들을 보니 그 연유를 짐작할 수 있었다. 그래서 관광객뿐만 아니라 현지인들도 즐겨 찾는 서점으로도 그 명성을 이어가고 있는 게 아닐까 하는 생각이 들었다.

나는 서점에 들어서는 순간 어마어마한 기념품들에 압도당했다. 끊임없이 새로운 디자인이 나온다는 에코백과 머그컵, 도시락통, 티셔츠, 양말, 파우치, 엽서, 마그넷, 색연필 등을 보면서 여기가 종합문구점이 아닌가 하는 생각이 들 정도였으니 말이다. 서점 1층은 책을 미끼로 해서 굿즈

(Goods)들을 팔기 위해 존재하는 곳이라고 해도 과언이 아니다.

그렇게 1층은 많은 굿즈(Goods)들과 책보다는 굿즈(Goods)구입에 더 열성인 관광객들이 뒤섞여 다소 붐볐지만 2층으로 올라와서 그들을 바라보니 이것 또한 스트랜드 서점만의 모습이라 생각되었다.

2층에서는 여유롭게 책 사이를 누빌 수가 있었는데 도서를 분류해 놓은 그림들이 눈에 들어왔다. 예를 들어 예술 분야의 책들이 있는 곳에는 모나리자 그림의 형태로, 유아 서적이 있는 곳에는 아이가 앉아있는 모습을, 추리소설이 있는 곳에는 셜록홈즈의 모습을, 사진 분야의 책들이 있는 곳에는 사진기 그림을 형상화 시켜 놓는 식으로 말이다. 그런 틈 사이로 KOREA라고 적힌 구역에서는 외국인의 시선에서 본 우리나라에 관한 책들이 있었고, 일본 문학작품들이 있는 곳에서는 무라카미 하루키의 책을 만나 반가운 인사를 건넸다. 그렇게 서점에서 으레 하는 나만의 일상적인 일들을 해나가면서 찬찬히 서점을 둘러보았다. 세월의 흐름만큼이나 닳고 해진 삐걱거리는 나무 계단을 밟고 3층으로 올라갔더니 '희귀 서적'들이 모여 있었다.

3층은 1층과는 대조적이게도 너무나 조용해서 내 발자국 소리가 유난히 크게 들렸다. 오직 나와 서점 직원 세 명만이 자리를 지키고 있었는데 누구에게도 방해받지 않고 서점을 둘러볼 수 있도록 한 명의 고객만을 올려보내고 기다려주는 듯했다. 스트랜드 서점을 고대하며 먼 길을 온 나를 알아보고 해주는 특별한 배려라고 착각될만큼 말이다.

유리 책장 안에서 유난히도 영롱한 빛을 내는 고서들을 찬찬히 훑어보며 혼자만의 생각에 빠졌다. 고서들이 이 공간에서 극진한 대우를 받고 있는 것처럼 그들을 바라보는 나 역시 가슴이 두근거렸다. 그 가치를 가늠할 수 없는 책들을 바라볼 수 있는 것만으로도 그들이 나에게 내어주는 귀한 호의로 느껴졌다.

다소 들뜬 마음으로 나는 2층으로 내려갔다. 2층에 들어서자 딸아이는 내 손을 뿌리치고는 곧장 유아 서적 코너로 갔다. 이제 서점에 오면 자신이 부비며 놀 수 있는 공간을 기가 막히게 안다. 얼마 후 양손에는 고양이가 그려진 책 한 권과 자유의 여신상이 그려진 책이 들려 있었는데 역시나 자신이 좋아하는 동물, 그리고 이틀 전에 보고 온 자유의 여신상이 그려진 책을 골라서 왔다. 딸아이의 기억에서 곧 사라질 수 있겠지만 이렇게나마 우리가 함께 본 자유의 여신상을 기억했다는 것만으로도 뿌듯했다.

딸아이는 그 두 권의 책을 나에게 고스란히 넘기고 대뜸 "엄마, 메이시(Maisy)가 여기 있네, 우리 집에서 읽어봤지."라고 하는 것이었다. 순간 내 눈에는 메이시(Maisy) 책이 보이지 않아 딸의 시선을 따라 무릎을 구부리고 앉았다. 그제서야 무릎 언저리의 책장에 메이시(Maisy) 시리즈 책 중 한 권이 있는 것을 발견했다. 순간, 수많은 책들 사이에서 자신이 읽어 본 책을 발견했다는 사실이 기특하고 또 놀라웠다.

내가 사준 책을 함께 읽고 그것을 기억해준다는 것만으로도 기쁜 일이지만 그것을 넘어서서 같은 시간, 같은 공간에 머물면서 내가 보지 못한 것을 딸아이는 볼 수도 있다는 것이 더욱 그러했다.

앞으로 딸아이와 내가 생각하고 말하는 것이 달라지는 일들이 늘어 갈 테지만, 그럴 때마다 더 유연해져야겠다는 생각을 했다. 몸과 마음이 꼿꼿이 서 있을 때는 결코 보이지 않았던 것들을 보기 위해서라도.

내가 딸아이보다 살아온 세월이 많다고 해서 많은 걸 봤다고, 더 많은 것을 안다고 말할 수 없다. 그리고 지금 눈 앞에 펼쳐진 것을 같이 보고 있다고 해도, 결코 우리는 같은 것을 보지 못할 수도 있다.

나는 함부로 무엇을 안다고, 봤다고, 이해한다고 말하는 것에 대해 신중해질 생각이다. 이것이 내가 뉴욕의 이 서점에서 느낀 작은 성과이다.

아이를 통해 세상을 마주하는 태도가 조금씩 변화되고 있다. 자식을 키우고 있는 엄마에게 세상이 주는 고귀한 가르침이다. 이 서점의 18마일, 35km 거리의 책만큼, 이곳에서의 나의 다짐이 길게 이어지길 바래본다.

브라이언트 파크(Bryant Park)에서의 여유

아침 비행기를 타고 뉴욕에 도착하니 다시 아침이다. 머릿속이 뿌연 공기로 가득 차오르는 것 같고, 심장은 피를 내보내고 받아들이는 작동이 쉽지 않다. 시차 부적응으로 인해 몽롱한 상태지만 뉴욕에 왔다는 설렘이 그 기운을 이겨내어 우리는 호텔 밖으로 나왔다. 제법 선선한 바람을 맞으며 횡단보도를 건너오니 푸릇푸릇한 나무들과 뒤섞인 공원이 보였다.

도심 한가운데 위치한 브라이언트 파크는 여행 2일자 코스에 있었지만 자연스레 발걸음이 그 곳으로 향했다. 보행로와의 간격이 한 걸음 차이인 이 공원에 닿는 순간 눈이 청명해지고, 서툴렀던 심장 박동은 제 흐름을 찾기 시작했다. 우리는 그렇게 이곳, 브라이언트 파크에서 1일차 여행을 시작했다.

오후 2시, 햇살은 따사롭다 못해 눈이 부실 정도로 나뭇잎들 사이로 내

리쬐고 있었다.

　나무 아래에 놓여진 의자에 앉아 늦은 점심을 먹거나 노트북을 올려놓고 무언가를 열심히 보는 사람들, 또 의자에 몸을 의지한 채 상대방과 여유로운 담소를 나누고 있는 모습, 상의를 탈의한 채로 기체조를 하고 있는 청년이 브라이언트 파크는 이런 곳이라 말해주는 듯 했다. 각자의 방식으로 평일 한 낮을 보내는 뉴욕 사람들 속에서 나는 커피 한잔을 들고는 그들을 지긋이 바라보았다.

　뉴욕은 사람들을 구경하는 것만으로도 재미가 있을 것이라던 지인의 말이 스쳐 지나갔다. 자신들은 원래의 흐름대로 그들의 일상을 보내고 있는 것일 텐데, 나는 한없이 여유로워 보이는 그들이 조금은 생소하게 느껴졌다.

공원에서 마저 주변 사람들의 시선을 의식하고, 조금만 눈에 벗어나는 행동을 해도 따가운 시선을 던지는 우리네 풍경을 보다가, 자신 말고는 다른 사람의 행동들에 일말의 관심도 보이지 않는 모습이 어색했다. 만약 서울의 어느 공원에서 웃통을 벗고 남다른 포즈로 기체조를 하는 사람이 있다면, 우리는 그 사람에게 어떠한 시선도 던지지 않고 지나치는 게 쉽지 않을 것이다.

그만큼 한국사회에서는 자신의 개성을 표출하는 것이 외려 자신의 개성을 말살 당하기 쉬운 일이 될 수 있다. 그러나 여기, 이 뉴욕이란 도시에선 남에게 피해를 끼치지 않는 한, 모든 사람이 'It's ok, No problem! 이라고 말하는 듯 했다.

하루를 자신에 의해서 흘러가게 하는 것,

내 호흡이 타인에 의해 가팔라지거나 느려지지 않게 하는 것.

브라이언트 파크의 여유로움에 스며든 사람들 덕에 그 여유로움의 근원까지 궁금해졌다. 그들은 분명 자신이 하기 싫은 것은 덜 하고, 마음의 소리를 우선으로 하는 일상을 만들어 가고 있을 거라는 확신이 들었다.

"단언컨대 저는 제가 싫어하는 것, 좋아하지 않는 것에 대해선 별로 글을 쓰고 싶지 않습니다. 가능한 좋아하는 것에 대해, '이거 좋답니다. 좌우지간 이러이러한 게 좋아요' 라는 자세에서 출발하는 글을 쓰고 싶어요."

최근에 무라카미 하루키가 '수리부엉이는 황혼에 날아 오른다'는 책에서 했던 말이 떠올랐다. 그의 철학에 깊은 부러움과 함께 브라이언트 공원에서 만난 사람들이 생각났다. 자신에게 주어진 햇살을 오롯이 받아들이며 그 시간 속에서 확실한 쉼표를 찍는 그들만의 주체적인 기운이 부럽고

멋져 보였다.

좋은 게 좋은 거고 이왕 사는 인생 즐기며 살면 좋지 않겠냐는 생각을 종종 하지만, 하루키가 말한 것처럼 자신이 좋아하지 않는 것은 쓰지 않고야마는 그 소신과 강단을 가지는 것은 쉬운 일은 아니다. 그저 싫은 것을 할때 그 스트레스의 범위의 간극을 줄이고자 오늘도 조금씩 내려놓는 연습을 더하는 것 밖에는.

뉴욕에서 가장 아름다운 서점, Rizzoli Bookstore

뉴욕여행에서 서점 투어를 계획하고는 딸아이와 이른 아침부터 길을 나섰다. 첫 번째로 갈 곳은 뉴욕에서 가장 아름다운 서점이라고 불리는 'Rizzoli Bookstore'(리졸리 서점)이다. 이른 아침 숙소에서 나와 찬 가을바람을 온몸으로 맞으며 유모차를 끌고 그토록 아름답다고 소문이 자자한 서점을 찾아가는 기분은 심히 비장하기까지 했다.

약 20분을 상기된 마음으로 뚜벅뚜벅 걸으니, 온몸에 힘이 들어가면서 한발씩 내딛는 발걸음의 무게가 온전히 다 전해졌다. 지도에서 목적지에 도착했다는 말과 함께 금색으로 적힌 Rizzoli 간판과 마주했다. 면접시험장 앞에 선 사람처럼 심장이 떨렸다. 그런 나를 보고 딸은 의아하다는 표정을 지어 보였고, 나는 이내 평정심을 되찾고 그 성대한 곳으로 입장했다.

스스륵 문이 열리자 너무나도 조용한 서점의 분위기에 나도 모르게 발뒤꿈치를 들고 사뿐히 걷기 시작했다. 다소 넓은 규모의 서점에 한 명의 손님도 보이지 않았고 심지어 일하는 직원도 없었다. 이른 아침의 조용한 정적을 누리며 서점을 돌아보기 시작했다.

진한 갈색의 책장들이 많은 책들을 품고 있었으며 그 온기 속에 화려하면서도 우아한 샹들리에 조명이 빛을 내고 있었고, 또 흰 뭉게구름의 천장 벽지는 로마의 어느 성당이라고 해도 믿을 수 있을 만큼 멋졌다. 그렇게 서점을 한번 쭉 훑고 나서야 비로소 내가 이곳에, 뉴욕에서 가장 아름답다는 리졸리 서점에 와있다는 게 놀라웠고, 더욱 들뜨기 시작했다.

리졸리 서점은 분야별로 책들이 잘 정리되어 있어 쉽게 관심 분야를 둘러 볼 수 있었다. 문학, 예술, 잡지, 요리, 사진, 음악, 건축, 패션 등 여러 분야 중에서도 먼저 문학 분야를 둘러보았는데 역시나 애정이 있는 이름부터가 눈에 띄었다. 내가 관심이 있어서 눈에 띄는 건지, 그가 유명작가라 좋은 위치에 그의 책이 놓인 것인지는 알 수 없으나, 뉴욕에서 무라카미 하루키의 책들을 만났다는 사실이 나를 행복하게 했다. 먼 타국, 외진 도시에서 한국인을 만나면 괜히 반갑고, 동지애가 드는 것과 같은 종류의 기쁨이라고 할까. 그렇게 하루키를 먼 이국땅에서 만난 기념으로 그의 책 두 권을 구입하고 효용 가치가 매우 높은 순간을 만끽했다.

서점 안쪽으로 쭉 들어가니 빨간색 테두리의 또 다른 문이 있었는데 그곳에 많은 사람들이 모여 있었다. 조심스레 딸아이와 그 앞을 서성이니 서점 직원이 나와서 우리에게 빈자리를 가리키며 들어와서 앉아도 된다고 말했다.

이날은 사진작가인 Jimmy Nelson의 "HOMAGE TO HUMANITY WITH JIMMY NELSON"의 강연이 열리고 있었다. 밖의 조용한 분위기

와 달리 유쾌함이 감돌았던 그곳의 분위기가 거리낌 없이 나와 딸아이를 자리로 이끌었다. 전 세계의 다양한 원주민과 고유한 특징을 지닌 민족을 만나 그들의 삶을 들여다보며 인터뷰한 모습들을 보여주는 강의가 펼쳐지고 있었다.

이 사진작가는 다양한 렌즈를 통해 원주민들의 문명화되지 않은 삶의 단면들을 화려한 색감들을 통해 보여주었다. 나는 그들의 선명한 피사체보다도 원주민들이 이 작가에게 어떻게 자신들의 곁을 내주었는지 궁금했다. 다소 무거운 표정이 대부분인 원주민들과 어떻게 소통을 해서 이런 결과물을 만들어냈는지 말이다. 또 참여적 관찰자로 일정 기간 그들과 일상을 함께 하며 그들의 사진을 찍고 그 사진을 재구성하고, 또 그것을 바탕으로 글을 쓴 작가 역시 쉽지 않은 여정이었을 거라는 생각을 했다. 글을 쓰는 것만으로도 쉽지 않음을 느끼는 나이기에 말이다.

리졸리 서점이 가진 독자적인 분위기만으로 충분히 매력이 넘치는 곳이었지만, 우연히 들은 강연을 통해 새로운 창 속의 또 다른 세계를 만날 수 있어서 감회가 남달랐다.

한국에서 뉴욕여행을 꿈꾸는 그 순간부터 꼭 와보고 싶었던 리졸리 서점. 그곳에 서 있을 때 내가 꿈을 꾸고 있는 것이 아닌가 하는 생각을 했고, 지금 글을 쓰고 있는 이 순간에도 내가 그곳에 있었다는 게 믿기지 않는다. 사진을 뒤척여 보고서야 그때의 충만했던 기운을 다시금 떠올린다.

뉴욕에서 왜 가장 아름다운 서점이라 불리는지 그곳을 떠나온 후 더 진하게 느낀다.

다시 그곳이 그리워진다.

보이지 않는 것들

어김없이 금방, 또 돌아온 월요일 아침, 딸아이의 등원 준비와 나의 출근 준비를 동시에 마치고선 길을 나섰다. 아이를 태운 유모차에는 아이의 어린이집 가방과 노트북, 그리고 에코백 하나가 실려 있고, 얼마 후 딸아이의 자리를 노트북이 대신하여 카페로 함께 향한다.

카페 입구 기준 오른쪽 1열 2번에 위치한 자리에 앉아 메모장에 휘갈겨 쓴 적힌 몇 개의 단어와 그리고 때로는 감정이 과잉된 문장들과 무미건조한 거친 단어들을 만난다. 그렇게 그들과의 조우로 하루를 시작하는 것이 '나만의 리추얼'이다.

보통 직장인들의 출근 시간에 맞춰 이른 아침 아이를 어린이집에 보내고, 막히는 도로에서 허덕이는 일 없이 카페로 출근하는 나의 일상이 여유롭게 느껴질 때도 있다. 하지만 이제는 나 혼자서 보고 덮는 일기장이 아닌 익명의 독자들이 읽는 글이라 생각하니 잘 해내고 싶다는 생각과 함께 두려운 마음도 든다. 그래서 필터 없이 줄줄 써 내려 간 몇 개월 전의 글을 보면서 자책도, 실망도 하면서 글을 쓰는 것이 쉽지 않음을 몸소 느낀다.

분명 어제 그 문장들을 쓰고 기록할 때만 해도 전보다는 성장해나가고 있단 생각에 약간의 으쓱함을 느낀 것 같은데, 오늘 다시 보니 얼굴이 붉어진다. 늦은 밤 술잔을 기울이며 형, 동생하며 전우애를 보이다가 술이 깬 다음 날 다시 원래의 어색했던 관계, 즉 원점으로 돌아간 느낌이랄까.

어쨌든 내가 좋아서 자발적으로 시작한 것임에도 불구하고 피로감을 느끼는 건 어쩔 수가 없다. 하루 4~5시간씩 노트북 화면을 들여다보니 눈이 충혈되는 것은 물론 백태가 낀 것 같은 침침함과 양쪽 어깨의 결림, 그리고 허리의 통증까지 따랐다. 또 여느 워킹맘처럼 아이를 픽업하러 갈 때는 나 역시도 바쁘다. 글을 쓰다보면 아이의 픽업 시간이 임박해서야 폭풍우처럼 몰아치는 흐름을 탈 때가 있다. 그러면 나는 의식적으로 시계를 보지 않으려 애쓴다. 아이의 픽업 시간이 촉박했음을 인지하는 그 순간부터 흐름이 끊기면서 머리와 마음이 엉키기 시작하기 때문이다. 그래서 일단 큰 흐름을 탔다고 생각되는 순간에는 지각생 엄마가 될지언정 일단 현재에 집중하고자 한다. 이런 경우가 흔치 않음을 너무나도 잘 알기에.

이외에도 글을 쓰면서 드는 각종 기회비용, 예를 들면 집안 청소, 운동, 지인들과의 브런치 등은 최소한으로 줄일 수 밖에 없다.

글을 쓰기 시작하면서 다른 일들의 비중이 확연히 줄어들었지만, 그럼에도 불구하고 내 삶을 기록하는 일들을 이어가는 것은 이 시간만이 나만의 유일한 사치가 허락되는 순간이기 때문이다. 책을 읽고 글을 쓰는 일이 나같이 평범한 사람마저 비범함 삶을 꿈꿀 수 있게 해주는 것은 물론, 오롯이 나의 취향에 따라 귀한 하루를 즐길 수 있는 최고의 일임을 확신한다.

이제는 혼자만의 시간이 없으면 조금씩 예민해지다가 어떤 형태로든 터져버린다. 많은 사람들과 어울리는 횟수가 잦은 달에는 확실히 공허함을 느끼는 날이 많고, 굳이 하지 않아도 되는 쓸데없는 얘기들을 하고 있는 나를 발견하기도 한다. 몸이 고되어서 손가락 하나 까딱하기 싫고 아무런 생각조차 하기 싫을 때도 있지만, 몸을 움직여 카페로 오면 내 심신이 전환될 조짐이 생긴다.

물론 노트북조차 펼치기 힘든 날에는 카페 밖 풍경에 긴 시선을 던지기도 하고, 때로는 메모해 놓은 단어만을 넋 놓고 바라보기도 하면서 최후의 보루로 책을 꺼내든다. 이내 번뜩이는 문장을 만나면 이전의 막은 걷어지고 새로운 장이 펼쳐진다. 작은 꾸물거림이 올라와 피어나기 시작하면서 좀 전과는 다른 기운들이 이어지는 것이다.

그 후 자연스레 노트북을 펼치면 활력을 찾은 내 손가락들이 내려다보인다. 마치 슈베르트 즉흥곡 2번을 연주하고 있는 것만 같다. 그렇게 서로가 연결된다는 느낌을 넘어서 완벽하게 충족되어지는 기분이 들 때의 황홀함은 쉬이 설명하지 못하겠다.

결국 그런 작은 날개짓이 나의 기분을, 나의 하루를 지배하게 되면서 충만함을 느끼게 되는 것이다. 카페에서 나올 때 만족감은 그날 오후 육아시간에 고스란히 반영되어 우리 가정에 긍정적인 선순환을 가져온다.

내 딸, 김지유

이렇게 제목을 쓰고 속으로 한번 되뇌었을 뿐인데 울컥하면서 눈물이 핑 돈다. 글을 쓰다보면 과잉된 감정으로 인해 눈물이 맺히는 경우도 종종 있지만, 흘러내리는 눈물을 훔치는 모습을 들키고 싶지 않아 애써 감정들을 고정시키는 노력을 일삼는다. 이런 나의 모습을 보며 모성애가 넘치는 사람으로 생각할 수도 있지만, 나는 때로는 지독히도 나만의 시간, 나만의 행복을 갈구하며 달리는 하이에나 같은 사람이다.

그럼에도 불구하고 엄마이기에 아이의 이름을 부르고 그 존재를 떠올려보기만 해도, 꼿꼿했던 내 마음이 무장해제되어 터져 나오는 눈물은 어쩔 수가 없다.

나는 결혼 3년 차에 만난 '축복이(태명)'를 기쁘게 받아들이지 못했다. 내가 계획한 시기에 가져진 아이가 아니라 얼떨떨했고, 임신한 날부터 예

비 엄마라고 부르는 주위 사람들의 축하 인사들에 어떻게 대응해야 할지 몰랐다. 그리고 으레 '축하'라는 것을 받으면 기분이 좋아야 하는데 막막함이 앞서서 눈물이 났었다. 나 아직 어리고 불완전한 사람인데 우리 엄마처럼 모든 걸 뚝딱 해내는 그런 사람이 되어야 한다고 생각하니 부담감과 함께 가늠하기 힘든 책임감이 들었다.

사랑하는 남편도 있고, 든든한 친정 식구들, 사려 깊은 시댁 식구들이 있는데 무엇이 나를 그토록 슬프게 한 것인지 알 수 없다. 오직 따가운 가을볕이 내리쬐던 날 두 줄이 선명하게 그어진 임신 테스트기를 들고 멍하게 서 있던 순간만이 기억에 남아있다.

그렇게 시간이 흘러 출산을 한 후, 지금은 아이와 함께 하는 순간들에서 큰 행복감을 느낀다. 그 행복함을 느끼게 하는 요소들은 지극히도 일상적인 것이라 그 순간을 포착해서 나열하는 것조차 쉽지 않을 때가 많지만 그것들이 겹겹이 쌓여서 우리 가족을 단단하게 만들어주고 있다. 아이의 한마디 말과 수많은 표정들에 함께 웃으며 때로는 버거운 순간들을 버티게해주는 것이다.

임신했을 때는 신체적으로, 정신적으로 건강한 아이로만 태어나면 더바랄 게 없다고 기도했었다. 감사하게도 아이가 건강하게 태어났고 하루가 다르게 자라서 의사소통이 가능한 나이가 되자 아이가 남들만큼 아니남들보다 무언가를 더 잘해주었으면 하는 바람들로 나의 이전 기도들을얼룩지게 할 때가 있다. 그럴 때면 나는 아이의 어렸던 그 시절로 빠르게되감기를 한다. 딸이 자신의 의지로 목을 가누고 낑낑대며 힘겹게 뒤집기를 하고, 선분홍색의 잇몸만을 드러낸 채 침을 줄줄 흘리며 아장아장 한걸음씩 내딛던, 그 아이의 작은 움직임에 모두가 열렬히 환호성을 지르던 그때로 말이다.

그렇게 그 시절로 되돌려놓으면 아이의 모습이 파노라마처럼 펼쳐지면서 어느새 미소 짓고 있는 나를 만난다. 이내 나의 기도가 이루어진 것만으로도 큰 감사함을 느끼게 되고, 지금도 충분하다는 생각에 다른 욕심들을하나씩 내려놓게 된다.

엄마로서의 삶을 살게 되고 또 육아의 세계로 뛰어들면서 포기해야 하는 부분들이 많다고 하지만, 사실 포기보다는 "대체"되는 것이 주를 이룬다. 아가씨에서 엄마로, 나에서 누구의 엄마로 대체되며 살아가는 일상은충만하고 눈부신 날들의 연속이다.

그러니 그 대체 가능한 일상 속에서 다시는 돌아오지 않을 아이의 어린 시절을 즐겁게 누릴 수 있었으면 한다. 엄마인 나도, 딸인 너도. 우리 모두가 처음인 서툰 존재지만 그 시간들만큼은 능숙하게 말이다. 내 남은 일생의 모든 운을 다 가져간다고 해도 전혀 아쉬움을 없을 유일한 존재인 내 딸, 김지유. 그저 건강하게, 지금처럼 코 찡긋, 그 웃음만을 잃지 않기를.

딸아이의 첫 그림

네가 형체가 있는 것들을
우리가 무언가라고 부를 수 있는 것들을 그려낸다면
엄마는 두 손이 자연스레 모아지는 경이로움을 느낄 것 같아.

긴 직각 삼각형 같은 너의 손가락 사이사이에
형형색색의 색연필이 주어지고
네가 그것을 꽉 움켜쥐고는
나이아가라 폭포처럼 힘이 넘치는 물줄기를 그려내는 것.

크고 작은 동그라미들 속에서 앙증맞은 한 마리의 토끼가
밝게 웃으며 생기 넘치는 모습으로 툭툭 튀어나온다면

그 순간 엄마는 세상에 존재하는 감탄들을 다 꺼내는 진풍경을 펼치겠지?

너의 꾸물거렸던 예술적 잠재력이 '팍'하고 터진 날이라며
드디어 너도 생명력이 있는 그 무언가를 창조해냈다며
그 생명체들과 반갑게 인사를 하며 태어나줘서 고맙다며
너희들을 보려고 오랜 시간 기다려왔다고 말하겠지.

이 모든 게 사랑과 믿음의 힘이라고 말이야.

나의 유일한 사치

일주일에 한 번 서점에 간다. 물론 딸아이와 가는 날들이 많으므로 내 의지대로 시간을 다 쓸 수는 없지만, 서점에 가는 일은 소풍을 앞둔 어린아이의 마음과 흡사하다.

서점에 들어서면 유명작가의 책부터 시작해 신인 작가까지 가리지 않고 철저히 내 선호에 따라 책들을 보면서 제목의 기발함에 감탄도 하고, 요즘 책들은 어떻게 표지마저 이렇게 감각적인지 또 이 작가는 어찌 이리도 솔직할 수 있는지 놀란다.

그리고는 아무렇게나 뚝 하고 펴낸 장의 사진에 마음을 뺏겨 책을 고르기도 하며, 에필로그를 읽으며 미소 짓기도 또 울컥하기도 하면서 감정의 롤러코스터를 탄다.

그렇게 소설, 에세이, 인문학, 육아 서적이 있는 곳을 쭉 훑어보고 난 뒤의 종착역은 언제나 여행 서적들이 있는 곳이다. 그들은 얼른 나를 데리고 그 나라로 떠나달라고 아우성치기도 하고, 내가 아직 가보지 않은 나라의 사진과 담백한 글들을 담고 있는 책을 보면 첫사랑을 우연히 조우한 것처럼 심장이 요동친다.

이렇게 서점에 오면 누군가와 사랑에 빠진 것처럼 핑크빛 기류가 흐르게 되고, 설레는 감정들에 계속 머무르고 싶어진다. 서점에서 책들과의 일방적 데이트를 하고야 마는 것이다.

내가 고른 책들이 계산대에 올려지고 그들이 서로를 껴안고는 종이가방에 담겨 내 양손에 쥐어지는 순간, 세상 부럽지 않은 위풍당당한 나를 만난다.

온라인 서점에서 받는 할인은 없을지언정 이런 기쁨들이 주는 짜릿함에 요즘은 자주 오프라인 서점에서 책을 직접 구입한다. 10프로 할인받지 못한 것 이상으로 나를 행복하게 해 주었기에 그 정도 돈을 더 지불해도 전혀 아깝지가 않다. 오히려 서점에서 충만한 기분을 느낀 날에는 책을 한 권 더 구입하는 것으로 내 작은 성의를 표한다.

오늘도 나는 서점에서 나만의 사치를 한껏 부린다. 양손 가득!

결혼 5년 차 위기

가끔 남편과 어떻게 만났냐는 질문을 받을 때가 있다. 그러면 자연스레 입꼬리가 올라가면서 기분 좋을 때 쓰이는 근육들만 나와서 움직이는 게 느껴진다. 소개팅으로 만난 날부터 연애기간 동안 한날한시도 이런 감정에서 벗어날 수 없었으니 어쩌면 당연하다. 나는 당시 남자친구를 생각만 해도 설레서 잠 못 이뤘고 하루라도 만나지 못하는 날에는 혼자 섭섭해서는 김빠진 맥주같이 축쳐져 있었고, 주말에 그가 본가에 가거나 회사 야유회라도 가는 날이면 나는 괜히 섭섭하고 슬펐다. 지금은 혼자만의 시간을 갖지 못하면 예민지수가 상승하는 나이지만, 연애 시절에는 정말 매일 옆에 붙어 있고 싶었다. 분명 내 인생의 모든 남자 운을 모아서 하늘에서 보낸 사람이 틀림없다고 생각했다.

그땐, 그때는 그랬었다.

결혼 5년 차에 접어든 어느 날, 일생일대의 시간을 맞이했다.

퇴근 후 남편이 와도 현관문 앞에서 반갑게 그를 맞이하지도 않고, 저녁 밥상도 대충 차려주고는 혼자만의 동굴로 들어갔다. 하루 아니, 반나절만 연락을 안해도 큰일 나는 줄 알았던 우리는 하루종일 연락 한 통 없이 일주일을 보냈다. 내가 먼저 입과 감정의 교류를 차단하니, 남편 역시 무대응으로 일관. 나의 표정과 동태를 가끔 살필 뿐 이 황당한 상황에 남편 역시 먼저 다가와 삭막한 관계를 탈피하기 위한 노력을 하지 않았다. 아니, 하고 싶지 않았을 것이다. 갑자기 어제까지 잘 지내던 사람이 별 이유 없이 갑자기 혼자 기분이 토라져서 일방적인 차단을 하는 것 자체가 남편은 이해되지 않았을 터.

차라리 말을 꺼내서 이해할 수 없는 것들에 언성을 높이느니 아무 말 하지 않고 각자 생활 패턴대로 지내보는 게 나을 것이라 생각했던 것이다. 남편은 먼저 긁어 부스럼을 만드는 사람이 아니기도 했고, 다툼이 있을 것 같으면 입을 먼저 닫고, 아무리 화가 나는 상황에서도 그 순간을 잠깐 지나면 괜찮아진다고 생각하는 사람이기 때문이다.

사실 이렇게 내가 혼자만의 고립을 자처하는 것에 대한 명확한 이유는 나도 모른다. 그냥 보기 좋게 '결혼 5년 차에 맞이한 권태기'라고 말하겠다. 일상의 무미건조함에서 시작된 일종의 반항 같은 것. 매일 똑같이 반복되는 육아 일상에 나만 애쓰고 있다는 착각이 들면서 시작된, 나 좀 알아달라는 일종의 투정 같은 거였다. 지나고 보니 그랬다.

이게 우리 둘만의 문제라면 일주일이고 한 달이고 가능한 것일지도 모르지만 우리에게는 딸아이가 있다. 딸아이는 분명 엄마 아빠 사이에서 차가운 기운을 느끼고 아빠가 퇴근해오면 아빠에게 달려가 안기고 잠을 잘 때는 엄마인 나를 찾았다. 이렇게 불편한 관계 속에서 양쪽의 균형을 찾으려고 시소를 타고 있는 딸이 애처로웠다. 그래서 나름 딸아이에겐 다정한 말투와 어조로 대하려고 노력했지만 남편이 지켜보는 앞에서 나의 밝은 표정을 드러내는 것 자체가 쉽지 않았다. 그렇게 나는 보이지 않는 벽을 계속 쌓고, 아이는 그 벽 사이에 서서 시간은 흘러갔다.

그러다 문득 어느 날, 부끄러워지기 시작했다.

제일 먼저는 나에게, 그리고 남편에게, 또 너무도 소중한 내 딸에게.

나의 헛된 마음가짐으로 가족들을 힘들게 만든 일주일의 그 시간을 되돌리고 싶었다. 하지만 되돌릴 수 없다는 걸 알기에 당장 회복하고 싶었다.

그날 저녁, 나는 남편이 가장 좋아하는 된장찌개를 보글보글 끓이고, 삼겹살을 구웠다. 남편이 퇴근해서 들어오자 오랜만에 맡는 음식 냄새에 놀란 표정을 지어보였다. 그 휘둥그레진 눈을 보고 나는 살며시 웃었다. 그리고 우리는 누가 먼저랄 것도 없이 서로를 안아주었다.

며칠동안 혼자만의 세계에 갇혀 있다가 나오니 아무 별일 없이 하루를 무사히 시작하고 편안하게 잠자리에 들 수 있는 이 시간이, 그리고 그것을 완성시켜주는 가족들에게 더할 나위 없는 고마움을 느꼈다.

결혼 5년 차에 오춘기를 맞이하고 그 대가를 톡톡히 치렀다.

별일 없는 오늘이 참 행복하다.

우연은 없다

요즘 마음이 하는 말에 즉흥적으로 동할 때가 있다.

커튼을 젖히고 따뜻한 차를 마시다가 불쑥 지하철을 타고 먼 카페를 찾아간다거나 해질녘 석양을 가까이서 보기 위해 허겁지겁 택시를 잡아타고 서쪽으로 달려가기도 한다. 불과 1분 전만 해도 전혀 계획에 없었던 일인데 자꾸만 나에게 내가 일렁인다.

어제 오후에는 카페에서 책을 보다가 문득 차가운 강바람을 맞으며 한강이 걷고 싶어졌다. 이왕이면 쏟아져 내리는 노을도 함께 보고 싶었다. 시계를 보니 5시 53분, 오늘의 일몰 시간을 검색하니 6시 18분. 나는 무작정 택시를 타고 한강으로 달려갔다.

택시를 타고 보니 그 카페에서 걸어서 15분도 안 걸리는 곳에 한강이 있었다. 택시 기사님이 어디 쪽에 세우면 되냐고 물으시길래 강을 따라 걸을 거라 입구가 있는 곳에 세워주시면 된다고 했더니, 어디까지 걸을 생각이 냐고 되물으셨다.

"오늘 걸을 수 있을 만큼 쭉 걸어가 볼 생각이에요."

"아~걷는 거 정말 좋죠. 저는 이번 달 27일에 산티아고 순례길로 떠나요."

"정말요? 저 버킷리스트 중 하나인데, 부러워요."

"이번이 3번째 떠나는 거에요. 그 길들이 너무 좋아서 또 만나러 가요. 스페인 세비야부터 시작해서 프랑스 남부지방을 거슬러 올라가는 여정이에요."

"한 번도 아니고 세 번째 가시는 거라니."

"떠날 수 있을 때 떠나세요. 마음먹은 대로 살아야죠."

잠깐이었지만 택시 안에서 주고받은 이야기들은 내 마음에 작은 물결이 일렁이게 했다. 한강의 잔잔한 물결에 나의 마음도 같이 얹혀 어디론가 흘러갔다.

오늘의 나는 지는 해를 바라보며 단단한 땅을 한 발자국씩 꾹꾹 눌러 밟으면서 내 존재를 상기하고 싶었는지 모른다. 내 머릿속까지 흔들 만큼 차가운 겨울날의 강바람을 맞으며, 집안일을 하면서 창문 틈으로 힐끗 훔쳐보았던 하늘이 아닌, 하늘이 내 시선의 전부가 되는 길을 걷고 싶었던 것이다.

그런 나의 마음을 알아주기라도 하듯 급하게 잡아탄 택시 안에서 나는 뜻밖의 선물을 건네받았다. 걸을 수 있을 때까지 걸어보려 한다는 모호한 나의 말이 내 안에 또렷이 내려앉을 수 있게 격려를 받았고, 떠날 수 있을 때 떠나야 한다는 그 말이 현실의 벽들을 허물어 내리게 했다.

나는 이 모든 게 우연이 아님을 알았다. 나의 의지로 움직인 만큼 나의 마음과 연결된 사람을 만났고, 겨울날의 한강공원을 꼿꼿이 걸으면서 지는 석양에 흐트러진 마음을 모을 수 있었다.

Sam Smith의 'No Peace'를 들으며 그들의 애절한 사랑의 마음을 알 것 같아서 슬펐고, Lauv의 'Paris in the Rain'를 들으며 그들의 마음과 같았던 지난날이 불쑥 생각나 설레기도 했다. 너와 함께라면 어디든 좋고, 너와 함께 있으면 '비 내리는 파리에 온 것 같다'라는 그 낭만적인 가사가, 제목이 그랬다.

누군가와 사랑에 빠졌을 때 세상에 우리 둘밖에 없는 것 같은, 지극히 비현실적이고 비논리적인 일들만으로도 삶이 벅차오르는 기분을 잘 안다.

사랑에 빠진 이들에게 이성적, 합리적, 순리라는 말들보다는 비이성적, 비합리적, 역행이라는 말들이 더 가까이 머무는 동시에 그것만이 그들을 이끌 수 있다는 것도 말이다.

음악을 들으면서 사랑에 빠져 구름 위를 떠다니는 듯했던 그 시기를 떠올리며 불필요한 감정들의 싹을 고르는 일들을 한다.

설렘보다 편함이 대신한 8년 차 부부의 현실에, 으레 그러려니 하는 마음보다 그에게 어떻게 하면 더 나은 사람일 수 있을지도 생각하며 걸었다. 그리고 머지않아 닿을 그곳, 산티아고 순례길에 서 있을 나를 떠올렸다.

푸르른 피레네 산맥의 전경 속에서 순례자들의 땀방울이 쌓여있는 올곧은 길을 하염없이 걷고 있다. 때론 잘 나아가지 않는 두 다리를 힘겹게 이끌고 '카미노 프란세스(Camino Frances)'의 어느 알베르게에 누워 밤하늘의 별을 올려다보고, 뾰족한 산맥과 닮아있는 '산티아고 데 콤포스텔라 대성당'을 마주하는 순간에 어떤 표정을 짓게 될지 생각한다.

새벽 안개를 헤집고 들어선 길 위에서 어제보다 조금 더 자라난 작은 들꽃들에 경의를 느끼고, 여기서 마주치는 모든 이들과 무사히 나아갈 수 있기를 기도한다.

종착점에 도착하지 못하더라도 800km여정에 오른 용기를 높이 사고, 오가는 길에서 만나는 사람들에게 '부엔 까미노(Buen Camino)'라고 인사를 건네며, 우리가 만난 풍경들이 생에 한 단면으로 새겨져 충만한 삶을 사는데 어떻게든 도움이 되는 삶을 꿈꿔본다.

어느새 한강의 보행로가 산티아고 순례길처럼 느껴졌다.

누구에게도 방해받지 않고 8.6km를 걸으며 오늘의 마음에 와닿는 음악들을 실컷 어루만지고 집으로 돌아왔다. 완벽한 현실이지만 완벽한 하루이기도 하다.

훗날 산티아고 순례길의 여정에 오르는 나를 그려본다.

오늘도 부엔 까미노를 위해.

결핍을 허하라

현재 25개월 딸을 키우고 있는 나는 아이에게 많은 것을 보여주고 들려주고 싶은 '경험주의 신봉자'로, '세상에 나쁜 추억은 있어도 나쁜 경험은 없다'는 말을 모토로 삼고 살아가고 있다. 나는 아이가 풍요로운 경험을 통해 견문이 넓은 사람으로 크기를 바란다. 견문이 넓으면 아이가 무엇을 하고 싶은지 스스로 잘 알 수 있을 뿐만 아니라, 원하는 것을 선택하는 폭도 커져 그게 무엇이든 조금 더 재밌게 즐기며 살 수 있을거라 생각한다.

그래서 아이가 원하는 것을 하면서 그저 행복한 삶을 영위했으면 좋겠다고, 이게 엄마의 희망사항이라 되내인다. 그러다가 정작 어떤 순간에 다소 양면적인 마음을 마주하고는 흠칫 놀라기도 한다.

글로벌 시대에서 영어는 기본으로 구사하고 중국의 위용도 만만치 않게 커졌으므로 중국어도 조금씩 배워서 3개 국어는 기본으로 하고, 아무리

AI(artificial intelligence) 시대라고 하지만 그것들로부터 대체 불가능한 전문 기술을 가졌으면 좋겠고, 그럼으로써 자기 밥그릇은 챙기고 살면서 사회가 만들어 놓은 훌륭한 사람이라는 틀에도 들었으면 좋겠다고. 이것이 나의 솔직한 마음이었다. 그래서 조기 교육에 열을 올려 나름의 노력들을 펼치기도 하면서 내가 잘하고 있는 것인지 끊임없이 자문했다.

어느 날, 아이와 놀이터에 가던 중 길에 핀 꽃들을 보며

"엄마, 꽃 예쁘다."라고 말하는 딸에게 그것의 아름다움을 같이 공감하기 전에

"이건 Sunflower야. Yellow color지."라고 말하는 내 자신을 보고 놀란 적이 있다. 그렇게 올 봄을 같이 보내고 난 후 딸은 꽃을 보면 그 꽃들의 아름다움에 말하기보다는

"이건 Orange flower지, 저건 pink flower." 라고 말하는 것이 아닌가.

그 후 나의 교육방식이 내 아이를 창의적인 사람으로 키우는데 방해가 됨을 충분함을 느꼈다. 물론 나의 노력 자체를 폄하하고 싶은 생각은 없지만, 그 방향성에는 충분히 이의를 제기할 필요를 느꼈다.

아이가 보는 세상의 사물을 같은 시선으로 바라봐주며, 아이의 욕구를 제대로 파악하고 도움을 주는 것이 필요하다는 것, 그리고 나의 과잉된 욕구가 때론 부작용을 낳을 수도 있다는 것을 말이다. 때로는 다 알지 못해도, 더 가지지 않아도 누릴 수 있는 것들이 있다.

자식에게도 나에게도 약간의 결핍을 허한다면, 보다 즐거운 지금을 보내리라 믿는다.

비엔나로 가는 기차 안

나에게 유럽여행의 큰 로망을 선사해 준 영화는 바로 '비포 선라이즈 (Before SunRise)'이다. 비포 시리즈는 다 좋지만 그래도 굳이 하나를 꼽자면 연애의 첫 시작, 하룻밤 사랑 이야기를 담고 있는 '비포 선라이즈'가 제일 애착이 간다. 개봉한지 20년이 지난 영화지만 최근에 다시 재개봉을 할 정도로 많은 사람들의 사랑을 받은 영화이고, 선명하지 않은 화질이지만 그것마저도 더 집중해서 보게 되는 마력이 있다.

나는 이 영화를 통해 유럽여행의 로맨틱한 이미지를 머릿속으로 그렸고, 인생에 한번쯤은 영화 속 주인공이 되는 날이 오는 줄 알았다. 나는 유럽행 기차에서 우연한 만남은 아니지만, 첫 느낌이 좋았던 남자를 만나 아이를 낳고서야 비엔나 행 기차에 올랐다. 영화 같은 장면 대신에 기차 안에

서 혹여나 있을지도 모르는 아이의 소란을 염려하며 아이의 목소리 데시벨과 발걸음에만 촉을 세웠다. 같은 기차 칸에 탄 사람들의 낭만의 시간을 방해할까 노심초사했다. 누군가에게 아주 오래토록 그려온 시간일지도 모르는 그 여정에 한 톨의 방해도 되고 싶지가 않았다.

다행히도 딸아이는 엄마의 간절한 마음을 읽어주었고, 비엔나로 향하는 기차 안에서는 꽤 얌전히 앉아서 책을 보며 간식도 먹고 잘 놀아주었다. 이런 협조 덕에 우리가 탄 기차 칸에는 스쳐가는 바람 소리만이 머물렀다.

오스트리아의 엘베르티나 뮤지엄의 테라스에서, 프라터 공원에서, 줄리 델피와 에단 호크의 사랑의 어느 초입에 이미 발을 내딛은 기분이었다.

곧이어 아이가 눈을 비비더니 이내 잠이 들었다. 이제 슬슬 움직여도 되

는 타이밍이다. 길게 이어진 기차 칸의 승객들을 조심스레 지나치면서 그들의 표정을 살폈다. 그들 역시 나처럼 이 여정을 남다르게 맞이하고 있는지를 말이다.

빠르게 지나가는 기차 밖 풍경들을 보며 기분을 더 내고 싶었다. 이곳에 있음으로도 벅찬 기분이었지만 조금 더 즐기고 싶었다. 내가 기분을 낼 수 있는 가장 빠르고 확실한 방법은 무언가를 먹는 일. 남편과 나는 카페 칸을 찾아 자리를 잡고 앉아 시원한 맥주 한잔을 시켰다. 새하얀 테이블보 위에 턱을 괴고 앉아 창밖을 바라보니 어쩌면 지금 이 모습이 내가 그려왔던 순간 중 한 장면일 것이라는 생각이 들었다. 그래서 남편에게 지금 나의 모습을 사진으로 담아달라고 했다. 찰각. 그 짧은 찰나, 그렇게 우리는 줄리 델피와 에단 호크가 되었다.

여행을 하면서 도시 간 이동 시 기차를 많이 이용해봤지만, 오스트리아로 향하는 길만큼 특별한 기대가 되었던 적이 없었다. 보통은 이동 시에 다음 여정을 확인하거나 피곤함을 달래고자 잠을 청하는 게 다반사였는데 이 구간만큼은 어떤 방식으로든 잘 음미하고 싶었다. 비록 에단 호크와 사랑에 빠질 수는 없다고 해도, 나에게 허락된 오스트리아행 기차 안에서만큼은 마음껏 일탈을 꿈꾸고, 빠르게 바스러져가는 순간들을 고이 품고 싶었다.

비록 내가 오랫동안 마음으로 그려왔던 그 순간들과 똑같은 장면들이 펼쳐지지 않고, 앞으로 그럴 가능성이 없다고 해도 아쉽지가 않았다. 어쨌든 나는 그 꿈의 무대에 발을 올린 것이고, 그 무대에서 어떻게 내가 춤을 추느냐에 따라 커튼콜의 여부도 달라질 것임을 알기에.

비엔나로 향하는 길, 나의 유일한 그대와 사랑하는 딸이 동행했기에, 커튼콜이 없어도 나는 이 길을 감히 최고의 여정이라 부를 수 있다.

안녕, 비엔나.

지중해 바다에서 죽어도 여한은 없다

내 인생에 가장 설렜던 한순간을 뽑으라면 구 남친, 현 남편에게 프로포 즈를 받던 순간도 아니고, 결혼식장에 남편의 팔짱을 끼고 입장하는 순간 도 아니다. 물론 그 순간들도 좋았던 기억이지만 내 심장이 한없이 요동쳤 던 순간은 따로 있다.

바로 이탈리아 남부 포지타노에서 지중해를 가로질러 살레르모로 가는 길, 페리 위에서 김동률의 '출발'이라는 노래를 들었을 때이다.

배가 출발하기 전 무전기에 연결된 이어폰을 낀 채 가이드의 설명을 듣 고 있었다. 배를 타고 가다가 운이 좋으면 돌고래 떼를 만날 수도 있으며, 저기 암벽에 지어진 집은 감옥으로 사용된 곳이며, 우리는 살레르모에 도 착하자마자 어느 피자집으로 가서 저녁을 먹을 것인지 등 말이다. 그렇게

몇 분 후 가이드는 이제 포지타노 해안가의 풍경과 바닷바람을 만끽할 시간이라며 자신은 물러가겠다는 짧은 인사를 했다. 이후 그렇게 흘러나온 노래.

우연한 노래의 가사와 멜로디, 내 옆으로 빠르게 지나가는 풍경들이 나에게 최선을 다해주고 있음을 느꼈다. 티 없이 맑은 공기와 시원한 바람, 그리고 푸르디 못해 시퍼렜던 지중해 바다색까지 말이다. 파도에 털썩이며 나의 지난 후회와 미래의 불안은 심해 깊은 곳으로 사라졌고, 우리를 뒤따르던 포말만이 남아 나의 시선을 머물게 했다.

나는 그 새하얗고 작은 포말들을 보면서 여기서 오늘, 죽어도 여한이 없다고 생각했다. 태어나서 처음으로 죽음이 두렵지 않은 순간을 마주했다.

아주 행복한 순간에 그런 마음이 드는 걸 보며 죽고 사는 문제가 어쩌면 같은 영역일지도 모른다고 느꼈다. 생과 사가 많은 순간들의 고조를 겪으며 이렇게 나아가는 것이라는 걸 말이다.

이 글을 쓰면서 다시 그 노래 가사를 한 소절씩 되짚어 보았다. 바람에 머리칼이 날려 얼굴을 몇 번씩 휘감던, 그리고 두 팔을 벌리고 다가오던 돌고래 떼를 두려움 없이 바라볼 수 있었던 그때의 내 모습이 선명해졌다.

지중해 바다 위의 그토록 황홀한 순간을 또 만날 수 있을까?

언제 어디서라도, 눈을 감고 그때를 떠올리면 쉽사리 마음의 평정을 얻을 수 있는 그 마법 같은 순간들.

당신에게도 그 마법 같은 항해의 순간이 다가오기를 바래본다.

Von Voyage!

PART 2
유일무이한 하루를 만들다

작은 습관들의 행복

아이를 낳고 엄마의 삶을 살기 시작하면서 육아만큼 다양한 감정들을 느끼게 해주는 일이 과연 있을까 하는 생각을 했다. 임신과 출산으로 인해 그전과는 확연히도 다른 세계를 시작하는 나에게는 이 세상에 발을 내딛은 지 얼마 되지 않는 그 작은 아이만큼 두려움이 컸다.

그렇게 아이와 함께 모든 것이 처음인 백지상태에서 엄마라는 이름표를 달고 생활한 지 3년 차가 되니 육아일상이 조금씩 익숙해지고, 나름의 노하우가 생겼다. 아이를 키우는 방법만이 아닌 '엄마로 살아가는 나를 컨트롤 하는 법'을 말이다.

아이를 어린이집 보내기 전에는 정말 하루에 한 1시간, 아니 30분만이라도 혼자만의 시간을 간절히 원했던 적이 많았고, 그 시간을 확보하지 못하는 날들이 쌓여가면 아이의 작은 투정에도 예민해지는 순간이 나타났다.

그러면서 나의 자아가 이리도 연약한 존재에게 흔들리는 걸 보며 한없이 무기력해지기도 했었다.

이런 나의 성향을 아는 남편이 나에게 혼자만의 시간을 허하는 날에는 1분도 허투루 보내기 싫어서 초를 다투며, 잘게 쪼개서 시간을 썼다. 사우나 가서 오직 내 몸 하나만 건사하며 멍하게 앉아 있기, 서점에서 보고 싶은 책 보면서 여유롭게 커피 마시기, 엘리베이터 대신에 자유롭게 에스컬레이터 타고 이동하기(유모차가 없으므로), 그리고 입안에 느껴지는 밥알 하나하나에 집중하며 혼밥하기 등 누군가에게는 의식조차 안 될 평범한 일들이지만, 육아를 하는 엄마에게는 너무나도 특별한 그 일들을 하며 재충전의 시간을 가졌다.

아이가 어린이집에 다니기 시작하자 평일에 무려 5시간이라는 어마어마한 시간이 생겼다. 그토록 갈망하던 시간을 확보하게 되었을 땐, 처음엔 얼떨떨하면서 바쁘고 피곤했다. 첫 일주일은 하루에 1~2시간씩만 있다가 오는 아이를 데리고 오는 게 일이었으니 말이다. 그러나 그 와중에도 시간을 어떻게든 유의미하게 보내고 싶어서 집 근처 호수를 한 바퀴 뛰기도 하고, 마트에 가서 아이의 간식도 준비해 놓고, 후딱 볼일도 보았다. 그렇게 두서없는 적응기를 거치고 난 뒤에야 안정된 일상의 흐름을 찾기 시작했다.

먼저 나는 '선 집안일, 후 외출', '선 외출 후, 후 집안일', '상황 따라 움직임' 등의 3가지 안을 만들어 놓고 5시간의 자유를 최대한 누리기 위한 나름의 전략을 세웠다.

내가 무엇을 할 때 가장 행복한지를 잘 알기에 나에게 주어진 시간을 최대치로 즐겁게 끌어올리고 싶었다. 그래서 '선 외출, 후 집안일'을 큰 틀로 정하고는 아이를 어린이집 보낼 때 유모차에 노트북을 함께 싣고 나왔다. 아이를 어린이집에 등원시키면 바로 카페로 와서 읽고 싶은 책들을 읽고, 글도 조금씩 썼다.

책을 읽으면서 느끼는 충만함은 그 무엇으로도 대체 불가능하다는 느낌을 받는다. 번잡한 틈 속에서 활자 속에 집중되는 느낌을 받을 때 더 그렇다. 혼자일 때 더욱 발현되는 내적인 만족감은 글을 써 내려갈 때로 이어지는데, 이 순간들이 쌓이면 일상의 번뇌에 쉽게 흔들리지 않는다. 실체 없이 떠도는 상념들을 다루는 노하우가 생기고, 동조하기 어려운 것들에 애써 고개를 끄덕일 필요가 없는, 내가 주체인 시간들이 쌓이게 된다.

그렇게 독백의 시간이 끝나면 그 감정을 고스란히 안고 아이를 데리러 간다. 아이가 어린이집에서 나오기를 기다리는 그 1~2분 사이에 나는 긴 호흡으로 마음을 가다듬고, 침침해진 눈동자를 이리저리 굴려도 보면서 오늘의 2부를 준비한다. 진정한 육아가 시작되기 전에 의지를 다져보는 나의 작은 습관이다.

그 후 나는 아이가 내 품에 안길 때 힘껏 안아줄 수 있고 아이에게 집중해서 시간을 보낼 저자세를 취하게 된다. 나 혼자만의 습관들로 채워진 충만한 시간을 보내고 왔기에, 아이에게도 그 기운을 고스란히 전해주게 되는 것이다.

오늘부터 나만의 작은 습관을 만들어 보면 어떨까?

아주 사소한 것이라도 말이다.

그럼 매일의 행복함이 어느새 내게 와있다.

새벽의 동이 트는 것만큼

　남편은 술을 마시고 들어오는 날이면 일관성 넘치게도 침대에 눕자마자 잠이 든다. 그의 평소 노고와 성향을 알기에 이해를 하려고 해도 내 마음이 날카로울 때는 괜히 얄미워질 때 가 있다. 술을 먹은 날이면 유난히 기관차 소리를 내며 자는 남편에게 조용히 해달라고 말을 해도 알아들을 일이 만무하기에 옆으로 몸을 돌려버리기도 하고 코를 잠깐 잡아떼기도 한다. 순간 정적. 정확히 5초 후, 술 냄새와 코 고는 소리는 정확하게 비례해서 다시 나의 잠을 방해한다. 그럼 나는 조용히 거실로 나가서 책을 집어 든다. 그리고 이내 밝아오는 주위에 흠칫 놀라며 베란다 창가로 나가서 문을 열고, 상쾌한 새벽공기를 맡는다.

　그 순간 갑자기 남편에게 고마운 마음이 들기 시작한다. 남편이 술을 먹고 와주었기에, 코를 심하게 골아주었기에, 나는 이렇게 빈틈없이 아늑한 밤에 책도 읽고, 누구도 스치지 않았을 것만 같은 새벽의 어슴푸레한 안개를 맞을 수 있으니 말이다. 아무리 화가 나는 감정도 그 순간을 벗어나고, 다른 것에 시선을 돌리면 곧 사라진다.

내 감정이 쓸데없이 불쑥 제동이 걸리는 것을 어느 정도 조절할 수 있게 된 이후에야 깨달은 것들이다. 물론 이렇게 긍정의 연쇄작용이 이루어지기까지 숱하게 투쟁을 하며 눈물도 흘렸다. 반복되는 감정 소모, 시간 낭비, 그리고 무엇보다도 내가 기분이 좋지 않으면 딸에게도 환히 웃지 못하는 비합리적인 상황. 어린아이지만 기가 막히게 나의 기분을 파악하고, 눈치를 본다. 태어난 것은 자신의 의지가 없었을지언정, 태어난 이후에는 부모로부터 자신의 기분을 방해받지 않을 권리는 지켜주고 싶다.

나는 어제도 고주망태가 되어 온 남편이 무사히 일어나서는 휘파람을 불며 출근하는 모습에 고마움을 느낀다.

상대를 바꾸기 전에 내가 내려놓을 수 있는 건 내려놓고 가면 된다.

그러면 그 당시 높은 절벽 같다고만 생각했던 것이 어느새 걸어볼 만한 낮은 산책로가 되어 있다. 이제부터 편안하게 걷기만 하면 되는 것이다.

비할 데 없는 마음

자꾸 초인종이 울리는 소리가 환청처럼 들린다. 곧 외출시간이 다가오는데 영 불안하다. 엘리베이터를 타고 나가는 순간에도 그와 엇갈리는 드라마 속 극적 장면들을 생각한다. 밖에서 일을 보는 시간에도 그 생각을 쉽사리 떨칠 수가 없다. 집으로 돌아와서는 아직도 그가 도착하지 않았다는 사실에 이내 섭섭하다가도 또 그를 만나면 웃어버릴 나를 안다. 성격 급한 나는 배송조회를 통해 그들이 어디까지 와있는지 살핀다. 청주의 어느 집하장에서 머물고 있다는 정보를 확인한다. 배송을 취소시키고 집 앞 시점으로 달려가고픈 충동을 강하게 느낀다. 청주에서 오는 것보다 내가 서점으로 뛰어가는 게 훨씬 빠르겠다며 갖은 셈들을 하니 머릿속이 복잡해진다. 오늘 밤에 주문해도 내일 아침이면 도착하는 이 로켓 배송마저 나의 급함을 채우지 못하니 슬로우 라이프는 입으로만 외치는 허울에 불과해 보인다.

세계 어디에 내놓아도 뒤처지지 않을 한국의 총알 배송 시스템은 이렇게 책을 오매불망 기다리는 나에겐 한없이 더디다. 이런 나의 성미 덕분에 최근에는 읽고 싶은 책이 생기면 문명의 편리함 대신 마음의 편리함을 택한다. 그렇게 오늘 사야 할 책 이외에도 책의 표지에서 받는 첫 느낌과 종이의 질감 그리고 아무 때나 뚝 펼친 장에서 오늘의 나에게 스며드는 글이 있을 때 나는 그 책들도 안게 된다. 그렇게 나와의 타이밍이 맞은 그 문장 한 줄은 나의 몸에 칭칭 감겨져서는 집으로 온다. 인생은 타이밍이라던 누군가의 말이 책을 고르고, 결혼을 하는데도 그럴싸하게 적용된다. 타이밍을 잘 맞추는 게 이토록 중요한 대 왜 그 타이밍을 전문적으로 지도편달 해주는 사람은 없는지 의문이 든다. 여하튼 서점에서의 머무는 시간들은 늘 나에게 확실한 행복감을 주는 타이밍이다.

집에 도착하면 얼른 책을 꺼내서 읽고 싶은 충동에 마음이 바빠지면서 기운들이 솟아나기 시작한다. 아이의 저녁 식사를 평소보다 1시간 일찍 준비하여 먹이고, 욕실에서 가지고 노는 각종 장난감들은 숨겨둔다. 여기서 또 시간을 20분 정도 앞당긴다. 아이가 장난감을 찾는 기미가 보이면 나는 욕실 밖의 재미난 일들에 대해 얘기한다. 그렇게 아이를 얼른 씻기고 거실로 데리고 나와서는 아이에게 숨겨둔 비장의 무기들을 꺼낸다. 각종 퍼즐과 스티커를 보자마자 아이는 환호성을 지르며 나에게 손길을 뻗지 않는다. 성공적이다.

이제 나는 남편이 오기 전 해야 할 일들을 빠르게 해내기 시작한다. 밀린 설거지에 청소기 돌리기, 저녁 식사 준비를 한다. 평소라면 남편이 들어오기 전까지 하고 있을 일들을 미리 끝내 놓고는 쇼파에 앉는다. 그리고 판도라의 상자를 여는 긴장된 마음으로 오매불망 기다렸던 그 책을 조심스레 펼친다.

오렌지빛으로 물들었다가 이내 사라지는 오늘의 하늘을 놓쳤지만, 내 마음은 그보다 더 진하게 물들어간다.

오늘도 격하게 행복해진다.

2NE1의 씨엘 아빠 이기진 씨를 만나고

자식을 키우면서 가끔 '우리 부부가 문외한 분야에 아이가 관심을 보인다면 어떻게 도와줄 수 있을까?'라는 생각을 한다. 한 정신과 의사의 말에 의하면 어느 분야에 부모가 재능이 있으면 그 자식도 해당 분야에 재능이 있을 확률이 크고, 만약 부모의 역량과 상관없이 아이만 특출난 재능을 보인다면 그건 돌연변이라고 했다. 어쨌든 우리 아이가 그 돌연변이가 될 확률이 적게나마 있는 것이므로 부모로서 이런 노파심을 안게 된다.

부모로서 자식이 이루고자 하는 바가 있다면 여건이 되는 한 물심양면으로 영혼까지 끌어모아서 지지해주고 싶은 마음이 드는 것이 인지상정이다. 그러나 부모에게 없는 재능을 가진 자녀에게 섣부른 길라잡이가 되어 말미암아 아이의 잠재력을 키워주지 못하고 그르치게 되면 어쩌나 하는 생각이 든다. 그래서 남편과 나는 혹여나 모를 그 돌연변이에 당황하지는 말자면서 나름의 '밑도 끝도 없는 매뉴얼'을 만든 적도 있었다.

이런 고민을 하던 시기에 가수 '2NE1의 멤버인 씨엘(CL)의 아버지이자 물리학과 교수인 이기진 박사'의 강연을 만날 기회가 있었다. 씨엘 아빠라는 타이틀에 관심이 가긴 했지만 단순히 '자녀를 명문대 보내는 방법, 똑똑한 아이로 키우는 방법, 아이를 키우면서 놓치지 말아야 할 10가지 수칙' 등이었으면 나는 그냥 지나쳤을 것이다. 왜냐면 그런 강연들은 이미 수차례 들어 봤고, 관련 책들도 아이가 뱃속에 있을 때부터 근래까지 접해왔기 때문이다. 각계 분야의 유명 인사들의 주옥같은 노하우들을 듣고 읽을 때는 여러모로 감화도 많이 받고, 열정 엄마로 살아보기로 많은 다짐도 했지만, 사실 그것들을 나의 육아 스타일에 고스란히 끌어오는 일은 쉽지 않았다. 아무리 좋은 강사에게 족집게 강의를 들어도 내 것으로 소화하기 위해선 남다른 노력을 기울여야 하듯이.

그럼에도 불구하고 이 강연에 꼭 가야겠다는 생각이 들었던 이유는 TV 속에서 보아왔던 씨엘(CL)의 아우라에서 나오는 당당함과 물리학과 교수라는 학구적인 이미지의 아빠는 쉽사리 융화가 되지 않았기 때문이다. 딸을 보고 흔히 예상할 수 있는 예술 관련 분야의 교수라고 하면 이해가 쉽게 됐을지는 몰라도 내게는 딱딱하고 어렵고, 한없이 물리기만 했던 그 물리를 전공한 교수라고 하니 더욱이나 궁금했다. 혹시 교육자 집안에서 가수의 꿈을 부정당하고 그 오기로 자신의 꿈을 이뤄내고야 만, 타고난 돌연변이 같은 존재였는지 말이다. 그렇게 나는 갖은 추측들을 하면서 씨엘(CL)처럼 자신감 넘치는 딸을 키워 낸 비법을 고대하며 강연을 들으러 갔다.

갤러리의 입구에는 "과학자의 만물상"이라는 주제로 "서강대학교 물리학과 교수이자, 두 딸의 아빠이며 딴짓 천재로 불리는 이기진 작가의 전시입니다. 예술이 물리학적인 영감으로 이어지는 과학자 이기진의 '문화적 실험실 같은 만물상'에서 감성 물씬 그림, 앤티크 컬렉션, 로봇 등 200여 점의 작품과 오브제를 만나보세요."라고 적힌 글이 있었다.

그리고 밝은 노란색과 파란색의 벽면에 달린 그림들, 단순하게 쓱쓱 그린 것처럼 보이지만, 결코 단순하지 않은 그의 작품들에 매료되었다. 선반에 나란히 줄지어 있던 각종 주전자들, 이빨이 깨진 그릇, 빈티지한 전자제품을 비롯해 각종 골동품들, 책, 그리고 그가 제작한 다양한 크기의 철제 로봇들. 나는 여느 강연회가 열리는 공간을 생각하며 왔는데, 여기는 그야말로 먼지가 풀풀 날리는 유럽의 골동품 시장 같았다. 그의 강연을 듣기 전에 작품들을 둘러보면서 나의 상상 속의 잘못된 공식들을 이미 깨지고 있었고, 그의 자유분방한 예술성에 외려 숙연해지면서 어쩌면 씨엘(CL)은 아빠의 끼를 반의 반도 표출하지 못하고 있는 게 아닐까 하는 생각이 들었다.

그리고 곧이어 이기진 박사의 강연을 들으면서 그런 생각이 더 확고해졌고 앞으로도 무수한 잠재력을 발휘할 그 부녀의 모습이 그려지면서 그들이 부러워졌다.

이기진 박사의 차분한 목소리 뒤에서 느껴지는 삶에 대한 호기심과 끊임없이 무언가를 도전하며 그 과정을 즐기고 사는 그의 삶의 습관들이 말이다.

그는 파리의 방브 벼룩시장(Vanves Flea Market)에서 만난 구둣솔과 빗

자루, 입이 긴 기름통을 비롯해 손때 묻은 골동품을 들여다보며 그 주인들의 성격과 취향을 상상하며 대화의 즐거움을 만끽하기도 하고, 자신의 유학 시절에 딸들에게 한글을 가르쳐주기 위해 그림 동화책을 만들기도 했다. 또 두 딸의 생일날에는 직접 한 땀씩 바느질해서 만든 인형을 건네고, 된장국과 어울리는 와인부터 시작해서 버터에 이르기까지 음식의 궁합들과 그 음식의 역사와 기원, 조리법까지 다 파고들었다고 한다. 그리고 자신의 또 다른 고향이라고 부르는 '아르메니아'의 내전에 참여해서 태권도를 매개체로 그들과 전우애를 만들고, 현재까지 그들과의 인연을 이어가고 있는 얘기들을 들으면서 그가 삶을 마주하는 태도를 짐작해보았다.

그는 교수라는 직함에서 얻을 수 있는 괄목한 이력보다는, 우리가 사소하다고 느끼는 일들을 통해 만난 인연들을 소중히 여기며 그들을 포용하는 정 많은 사람이었다. 결과보다는 과정을 중요시 여기면서, 거기서 재미와 행복함을 느끼는 진정한 삶의 컬렉터라고 할까.

자녀를 어떻게 만들겠다는 인위적인 노력과 의식 없이도 자신이 일상 속에서 즐거움을 느끼는 요소들을 찾아 진정 즐기고 사는 모습을 보여준 것이 그의 딸을 세계적인 가수로 키우는 데 일조한 것이 분명하단 생각이 들었다.

그는 아이들이 무언가에 욕구가 있을 때 *그것*을 알아채고 적절히 충족시켜주면서 이왕 하는 거 '찡찡거리지 않고, 쿨하게 또 재미있게' 즐길 수 있도록 도와줘야 한다고 했다. 그게 무엇이든 두려워 말고 본인이 원하는 대로 살아보는 것만큼 중요한 것 없다며 말이다. 그의 다소 어수룩한 말투 가운데에서 새어 나오는 확실한 삶의 철학은 지금도 생생하게 내 안에 머물러있다. 그의 삶을 구성하는 조각들을 들으면서 그것들을 끊임없이 이미지화하면서 내 삶의 퍼즐을 맞추고, 또 조각을 만들어내기를 반복했다. 이리저리 부딪히기도 했지만 털어내야 할 곳을 찾아서 시원했다.

끊임없이 자신을 시험에 들게 하면서, 거기서 재미와 보람을 찾으며 유의미한 '딴짓'을 일삼는 그. 자신이 흥미가 있는 일에는 미쳐 보고, 또 때론 무모해 보이는 것들에도 과감한 시도를 하면서 삶의 경계를 넘나드는 그의 강단과 재주가 부러웠다.

그를 만나고 나오면서 다시 그의 작품들을 둘러봤다. 그의 오래된 애장품들이, 그리고 벽에 적힌 문구가 더욱 빛을 내고 있었다.

나의 직무유기

남편이 전업주부라면

설거지 산을 모른 체하고 카페로 향하지 않을 것이며

분홍색 물때가 보이는 세면대를 마주할 일은 없을 것이며

식사 때가 되면 외식의 기회만 호시탐탐 노리지 않을 것이며

와이셔츠의 다림질도 미리 그리고 구김 없이 해낼 것이다.

남편은 주 5일 출근과 야근을 일삼으면서도

창틀에 적당히 쌓인 먼지를 무심한 듯 쓱쓱 닦고

분리수거가 되어야 할 상자들을 납작하게 만들고

유통기한 지난 냉장고 속 음식들을 제자리로 돌리고

매월 공과금의 자동이체 유무를 확인한다.

남편이 전업주부라면
나는 위기감을 느낄 것이다.
내 설 자리가 없어진다는 것
생각보다 두렵다.

임신과 출산 말고는 내가 남편보다 잘 할 수 있는 일이 없기에.

오늘 아침에도 너저분한 거실을 사뿐히 즈려밟고
출근하신 남편님, 고맙습니다.

철학관에 가는 우리

해가 바뀌고 연초가 되면 엄마와 언니, 그리고 나는 약속이라도 한 듯 철학관으로 간다.

그곳의 유명세를 반영하듯 한참의 기다림 후에 원장님을 만나 우리의 이름과 생년월일 등을 조심스레 토해낸다. 그 후 원장님은 빛바랜 옅은 노란색의 책을 보면서 빈 종이에 한자로 줄줄 써 내려간다. 하얀 종이에 사각거리는 연필 소리가 유난히 크게 들리기 시작하고 알아볼 수 없는 자신만의 필체로 무언가를 써 내려가는 그 순간이 길게만 느껴졌다.

잠시 후 원장님은 자세를 고쳐 앉고는 목을 곧게 세우더니 올해의 운세를 짚어주기 시작한다. 그 순간 침이 꼴깍 넘어가면서 마치 중대 발표라도 듣는 듯 나 역시 자세를 고쳐 앉는다.

"올해 초에는 남편의 움직임이 커서 다른 지역으로 이동할 운이 있고, 3

월에는 부동산 거래, 문서 운이 있으며, 5월에는 남편이 회사 일로 근심이 있을 것이며, 7월에는 운전대를 잡으면 위험할 수도 있으니 조심하시구요..."

남편의 운세를 듣는 중 나는 탄식에 가까운 작은 소리를 뱉어냈다.

그러고는 원장님에게 연이은 질문 공세를 펼치며, 어수선하고 불안한 마음을 떨치고자 자꾸만 원장님이 했던 말들을 되묻고, 아무도 모를 그 답을 구하려고 했다.

"남편이 이직을 한다는 건가요?"

"어디로 가는 건가요?"

"7월에는 그럼 아예 운전을 안 하는 게 낫다는 거죠?"

"제가 그거까지는 알 수 없지만, 올해 그런 기운과 흐름이 있을 것이라고 나오네요."

불안한 나의 자아와는 대조적으로 원장님의 무미건조한 말투에 혼미했던 정신이 조금씩 돌아오기 시작했지만, 그래도 이내 우울해진 마음은 감출 길이 없었다.

우리는 7월 초에 스페인으로 여름휴가를 떠나서, 바르셀로나에서 안달루시아 지역을 거쳐 마드리드까지 렌트카로 이동할 계획을 세우고 있었던 것이 제일 먼저 떠올랐기 때문이다.

우연인지 필연인지 알 수 없지만, 어쨌든!

남편은 그해 초, 회사에서 발령이 났고 우리는 3월에 부동산 계약을 하고 서울로 오게 되었다. 정신없이 새 보금자리에 정착을 하고 5월을 맞이했지만 다행히도 남편은 문제없이 직장생활을 해나갔다.

5월이 지난 후 남편은 나에게 "5월에 회사 일로 스트레스가 많을 거라고 해서, 약간 걱정했는데 특별히 그런 것도 없었고." 라고 말하는 것이 아닌가.

평소 사주를 믿지 않는 남편이지만 내가 읊어 준 말을 신경 쓰고 있었던 것이었다. 그 말을 듣는 순간 안도감보다는 남편에게 마음의 짐을 얹어 준 것만 같아서 미안한 마음이 들었다.

그렇게 시간이 흘러 7월을 맞이한 순간, 나는 신경이 곤두서기 시작했다. 7월에는 운전을 하지 않는 게 좋다는 말이 나는 남편이 직장을 옮기고 이사를 가는 일보다 크게 느껴졌다. 일단 몸이 다칠 수 있는 일이니깐 제일 걱정스러웠던 것이다.

나는 다짜고짜 남편에게 한 달 동안 출퇴근 시 대중교통을 이용하는 것이 어떻겠냐고 했다. 물론 주말에도 우리가 어디 외출을 할 때도 말이다.

남편은 5월의 무던했던 때를 떠올리며 꼭, 굳이, 그렇게 해야겠냐는 표정을 지었지만 아무런 대꾸도 하지 않았다. 그럼에도 나는 꿋꿋하게 남편에게 하고 싶은 말들을 늘어놓았다.

"여보, 듣기 싫을 수 있겠지만, 이왕이면 조심해서 나쁠 게 있을까?"

"그 철학관 원장님의 말이 다 맞는 건 아니지만 내가 해마다 신년 운세를 보는 것도 다 이런 거 조심하자고 하는거니까."

역시나 남편은 묵묵부답. 그렇게 시간이 흘러 우리는 7월을 지나고 있었다.

푸르른 녹음 속의 가볍고 상쾌한 공기를 느끼면서도 철학관 원장의 그 말이 불쑥 떠오르기를 반복했다. 그러던 7월의 어느 밤, 남편은 다가오는 주말에 골프를 가겠다고 했다.

"뭘 타고?"

"차 끌고 가야지."

"이번 달에 운전 안했으면 좋겠다고 했는데, 굳이 차를 끌고 가야겠어?"

"그럼 골프 치러 가면서 지하철 타고 갈까?

그 날 밤, 우리 집에는 차가운 정적이 감돌았다.

일어나지도 않을 일에 지레 겁을 먹고 헛된 감정 소모와 시간 낭비를 하면서, 무의미한 말들을 해댔다.

그저 조심하자고 했던 것이, 현재의 우리를 불행하게 만들고 있었다.

남편과 딸아이가 잠든 밤, 나는 자꾸만 뒤척거리며 쉽게 잠들지 못했다.

일어나지도 않은 불안한 기운의 개연성을 높여 현재에 그것이 흘러들게 한 것에 대한 자책과 후회들로 뒤엉켰다.

거의 뜬눈으로 밤을 보낸 후 내년에는 철학관보다는 나의 자유의지가 발하는 대로 살아보기로 마음을 먹었다. 그렇게 다짐을 하니 졸음이 몰려오기 시작했다.

서로 마음 편한 매일의 순간들을 위해 살리라.

딸아이의 잠꼬대

늦은 밤까지 소파에서 책을 보다가 꾸벅꾸벅 졸고 있는 나를 알아차리면 얼른 책을 덮고 안방으로 들어간다. 막상 이렇게 방에 들어가서 편하게 자려고 하면 달아난 잠은 쉽게 돌아오지 않는다. 그러면 나는 침대 옆 스탠드의 조명을 켜고 다시 책을 편다. 책을 조금 읽다보면 스멀스멀 잠이 오기 시작한다.

나는 조심히 스탠드 조명 불을 끄고 진짜 잠들기 위한 마지막 준비를 마친다. 최대한 움직이는 동선을 짧게, 또 동작을 작게 만들어서 다시 찾아온 그 기운을 놓치지 않기 위한 노력을 한다.

늘 이런 패턴이다. 어젯밤에는 잠들기 위한 준비를 마치려는 찰나, 딸아이의 소리에 깜짝 놀라 몸을 반사적으로 일으켰다.

"킨더 초콜릿 먹을 거야아아."

순간 깜짝 놀랐던 마음이 웃음으로 바뀐다. 잠꼬대를 하는 딸아이가 너무 귀여워서 침대 밑으로 내려가 살며시 볼에 뽀뽀를 해주면서 그녀를 토닥거렸다. 꿈속에서 자신이 가장 좋아하는 초코릿과 마주하고 있는 상황에 방해될까 싶어서 아주 조심히 말이다.

그리곤 딸아이가 꿈에서나마 초코릿을 마음껏, 그리고 맛있게 먹으며 행복한 순간을 누리기를 바랐다.

아이의 행복한 순간이 현실에서도, 꿈에서도 이어지길 바라는 나의 모습을 보니 어쩔 수 없는 엄마의 마음이라는 게 이런 것인가 싶어진다.

악몽을 꾸면서 슬퍼하는 딸의 모습은 상상만 해도 슬프다. 악몽으로 잠꼬대를 하는 날에는 딸의 꿈속으로 비집고 들어가서 못된 악당들을 다 물리쳐주고 싶을 것이다. 무의식까지 넘나들며 딸의 안위를 지켜내는 강인한 호위무사 엄마로 말이다.

딸아이를 강하게 키우자고 다짐하면서도 어쩔 땐 한없이 마음이 약해진다. 딸아이 옆에 서서 어떤 시련을 만나도 잘 헤쳐 나갈 수 있도록 돕고 싶다. 아니 솔직한 마음으론 그 시련의 바람이 분다면, 내가 대신해서 다 맞아주고 싶다. 그게 꿈에서든 현실에서든.

훗날 딸아이가 잔잔한 바람이 머무는 소리를 들을 수 있고, 눈부신 햇살이 내려앉은 어깨를 내어주는 여유를 가진 평온한 일상들을 살기를 바란다.

무작정 떠나고 싶은 날

책상 서랍장을 정리하다 4년 전에 찍었던 사진들을 발견하고는 그 자리에 서서 사진들을 보기 시작했다. 파리의 어수선한 뒷골목에서 무표정한 모습으로 무언가를 응시하고 있는 나, 초록색 간판의 세익스피어 앤 컴퍼니 서점 앞에서 빨간 원피스를 입고 들뜬 표정의 나, 그리고 센 강을 뒤로한 채 노천 레스토랑에 앉아서 맥주를 마시고 있는 나의 모습.

그때 온몸으로 전해지던 피로와 더위를 뺀 지금은 그저 옅은 주황색으로 물든 배경 사진만 봐도 가슴이 한없이 뛴다. 망각의 속도에 이내 고마움을 느낀다. 그리고 그때의 기분을 더듬거리다 파리로 훌쩍 건너가서는 센 강의 바람을 온몸으로 맞으며 끝없이 이어지던 길을 걷는다.

이십 대 초반의 청춘들이 센 강과 마주한 계단에 앉아 또래들과 어울려 있는 모습을 보며 내 딸아이도 저렇게 여유로운 몸짓과 과한 표정들도 취할 수 있었으면 좋겠고, 파리에 있는 미술관과 박물관의 문턱을 넘나들며 예술 작품들에 경외심을 느껴보기를, 아니 반발심이라도 좋으니 어느 형태로는 감화를 받고 사는 삶이기를 바랐었다.

어느 날 문득 엄마가 되어버린 나는 아니, 아이를 낳기 전부터 미래의 내 아이를 끌어와서 생각하는 일이 자연스러웠다. 아이를 키우는 지금은 내 삶의 많은 부분에 확실한 지분이 생겼지만 말이다.

나는 혼자만의 시간이 절대적으로 필요한 사람이라고 합리화를 해보고, 또 나의 과업을 충실히 이행해 온 나에게 주는 휴식이라고 정당화를 해보며 혼자서 어디론가 떠날 시나리오를 짠다. 그리고 원점으로 빙그르르 돌아왔다가 다시 꿈을 꾸기를 반복한다.

아이의 꽁무니를 따르느라 때론 거북목처럼 몸이 굽어져도, 루브르 박물관의 위엄에 오래도록 감탄할 시간이 없다 한들, 나는 30개월 딸아이와의 다시는 돌아오지 않을 이 유일무이한 시간을 놓치고 싶지 않다. 혼자이면 여유로운 여정이겠지만, 고생스러움을 자처해서라도 딸에게 너른 세상을 보여주며 함께 즐기고 싶다.

동화 속에나 나올법한 에펠탑 앞의 회전목마를 타며 파리의 모습을 파노라마처럼 기억하고, 튈르리 정원의 초록 의자에 앉아 아이스크림을 하나씩 먹으면서 딸아이와 낭만적인 파리를 함께 기억하고 싶어진다.

나는 오늘도 파리 6구에 있는 뤽상부르 공원을 여유롭게 걷고 있는 나와 딸아이를 상상한다. 오늘의 나는 어쨌거나 무작정 떠나고 싶은 날이니깐.

Books of Wonder

1980년에 문을 연 뉴욕시에서 가장 오래되고, 규모가 가장 큰 어린이 전문 서점인 이곳은 딸아이와 여행에서 가장 기대한 곳 중 하나였다. 평소 딸아이와 서점에 가고, 함께 읽을 책을 고르는 일에서 즐거움을 느끼는 나이기에 떠나기 전에 나름의 준비를 했다.

서점에서 딸이 관심을 보이는 책은 구입할 생각으로 여분의 기내용 캐리어를 하나 챙기고, Books of Wonder에 대해 정보들을 수집했다.

그 캐리어에 채워 질 책들에 대한 기대와 함께 딸아이와 이 서점에 앉아서 상기된 얼굴로 책을 고르고 있는 모습을 몇 번이나 상상했다. 그렇게 우리는 두근거림을 가득 안고, 18번가의 골목으로 향했다. 골목 모퉁이를 돌자 저 멀리서 흩날리는 파란색 깃발에 심장이 요동치기 시작했다. 나를 설레게 하는 순간을 마주하는 일은 언제나 그렇다.

무거운 철제문을 힘껏 밀고 들어서니 노란색과 주황색 사이 채도의 조명들이 책들을 비추고 있었고, 그 사이로 우리를 반겨주는 직원이 있었다.

신기하게도 딸아이는 Books of Wonder가 그전에 갔던 서점과는 다른 느낌의 곳이라는 걸 직감한 듯했다. 컬러풀한 색감의 책들과 개성 강한 캐릭터 인형들, 천장에 달린 모빌, 그리고 무엇보다 또래 친구들이 있다는 것이 그렇게 생각하게 만든 요소인 듯했다.

또 집에서 봤던 책들이 곳곳에 있는 걸 보면서 "엄마, 저거 집에 있지, 지유 읽어봤지"라고 말하며 책들을 꺼내서 펼쳐보곤 했다. 새로운 공간에 익숙한 책이 놓여있다는 것이 별거 아닌 것 같아도 어린아이에겐 심리적으로 편안하게, 이 공간을 친숙하게 느낄 수 있게 하는 요소가 되는 듯했다.

책장에서 책을 골라서 읽는 자연스러운 일련의 과정을 낯선 나라의 서점에서 한다는 것, 그리고 서점에서 이루어지는 마땅한 그 일들을 자연스레 해내는 딸의 모습이 엄마의 눈에는 쉽게 스쳐지지 않았다. 무언가 대단한 성과를 이뤄낸 것만 같은 벅참이랄까.

그렇게 딸아이는 내 기대에 부응이라도 하듯 서점 안을 이리저리 누비며 자신이 좋아하는 에릭 칼의 'The very hungry caterpillar'을 고르고 자리에 앉았다. 잠시 후 딸아이 곁으로 또래의 친구가 "Can I help you read a book?"라고 말하며 다가왔다.

그 순간 딸아이는 부끄러울 때 나오는 특유의 행동을 한 뒤 (이를테면 혓바닥을 내밀며 배시시 웃고, 몸을 꽈배기처럼 꼬며 눈웃음을 침) 그 친구랑 나란히 앉아서 함께 책을 보았다. 나는 한 권의 책을 자신들의 무릎에 나누어 올려놓고 각자의 언어로 대화를 나누던 두 아이의 모습이 너무 사랑스러웠다.

그렇게 둘은 작은 애벌레가 나비가 되는 그 여정속으로 들어가 신비로운 탄생의 과정을 지켜보았다. 한 여름날 해질녘의 노을을 바라보는 마음으로 나도 그녀들을 평온하게 바라보았다.

하얀색 달걀모양의 작은 점에 불과했던 것이 다채로운 색을 몸에 새기고 훨훨 나는 나비가 되는 것처럼 그들도 성장해 세상 밖으로 날아오를 것이다. 그때 딸아이에게 "조금 더, 힘내"라는 말보다 "천천히, 쉬어 가도 좋아."라고 말해줄 수 있는 엄마이고 싶다.

잘 나아가는 것만큼 잘 쉬어가는 것 또한 중요하다는 것을 알게 해주고 싶다.

하루키에게 전해 받는 일상들

　무라카미 하루키의 글에는 유독 음식에 대해 실감나게 잘 다룬 일화들이 많이 있다. 가령 산책하다가 우연히 들어간 국숫집의 맛이 기가 막혔는데 그 기가 막히는 맛을 독자에게도 고스란히 느끼게 해서, 혹은 자신이 느낀 맛보다 훨씬 더 뛰어나게 표현을 해서 군침을 확 돌게 한다든지, 비행기를 타고 그 국숫집 가게를 직접 찾아 맛보고 싶은 욕구까지 일으킨다. 또 그가 원고를 마감하고 시원한 맥주를 들이킬 때의 행복감을 표현한 부분을 보면서 딸아이를 픽업하러 가는 대신 맥주 캔을 따서 벌컥벌컥 들이키고픈 충동을 느끼고, '밥알 하나하나가 살아서 생선의 살점을 더 탱탱하게 치켜 세워주는'이라고 쓴 구절을 읽다가 남편에게 바로 문자를 보내기도 했었다.

　"갑자기 스시가 너무 먹고 싶군" 이렇게 말이다. 물론 남편에게는 하루키 책을 읽다가 스시 먹는 장면이 너무나도 리얼해서 먹고 싶었다는 말은 하지 않는다. 일방적으로 저녁 메뉴가 정해지면 나는 일식집으로 가서 하루키가 말한 것들을 의식적으로 느끼기 위한 노력을 기울인다. 스시 한 점을 젓가락에 살포시 쥐고는 생선 한 점 아래에 붙어 있는 밥알들을 유심히 바라보기도 하고, 입안에서 생선과 밥들이 어떤 하모니로 그들만의 향연을 펼치는지를 말이다.

또 하루키의 일상에 빠질 수 없는 존재인 '술'이 있다.

하루키의 책을 읽다 보면 '블랜디드 위스키, 시바스 리갈, 싱글몰트 위스키, 스카치 하이볼, 커디삭 하이볼, 조니 워커, 진토닉' 등 여러 종류의 술이 등장한다. 술을 잘 알지도, 잘 마시지도 못하지만 식당에서 주류 메뉴판을 살피다가 그가 말한 술 종류들을 발견하면 괜히 반가운 마음이 들어서 마시지도 못할 독한 술을 주문하기도 했다.

최근에 방문한 일식집의 메뉴판에 익숙한 이름, '산토리 하이볼'이 있길래 시켜서 먹어보았는데 하루키 책의 주인공들을 떠올라 흐뭇한 웃음이 지어졌고, 덤으로 술맛까지 괜찮아서 꽤 행복한 시간을 보냈다.

요즘 입맛이 돌지 않는다면, 하루키의 에세이들을 추천합니다.

단, 식욕이 왕성한 사람은 식사 후 읽기를 강력 추천합니다.

호의에 관하여

　나이가 들어갈수록 사람 노릇을 하고 산다는 것이 쉽지 않은 일이란 걸 느낄 때가 많다. 서로의 관심과 배려가 쌍방향으로 작용한다면 좋겠지만 씁쓸하게도 실상은 동상이몽인 경우가 많다.

　상대방에게 커피 한잔 대접받고는 한잔쯤 얻어먹는 것을 대수롭지 않게 여기는 사람이 있는가 하면, 상대가 그 커피 한잔을 대접하기 위해 자신의 시간을 비우고, 다른 일들을 조정한다고 허덕인 수고로움을 알아주는 사람이 있다. 또 상대방에게 줄 선물을 사기 위해 그 사람의 취향을 살피는 정성, 발품 팔며 돌아다니느라 든 구두창 비용까지 짐작까지 하면서 그것이 상대방에게 전해지는 임무를 완성하기까지의 노고를 알아주는 사람이 있다.

이렇듯 호의를 받는 사람이 그 고마움을 알아준다고 하더라도 그런 호의를 잘 전달하기 위한 여정은 생각보다 길고 그에 상응하는 피로함을 동반한다. 물론 받는 사람에게 그것을 다 알아달라고 하는 것도, 내가 준 만큼 똑같은 것을 받기를 원하는 것은 아닐지언정, 인간관계에서 호혜성이 배제된 관계는 지속성을 잃는다.

상대방의 행동에 담긴 애정과 수고로움을 살피지 못하면 관계는 지속될 수 없다. 상대방의 배려들을 감사히 여기고, 그가 나에게 베푸는 소중한 시간의 가치를 알아야 한다. 그래야 그 사람과의 안정된 관계를 형성하고 돈독해질 수 있다.

상대방에게 좋은 사람이 되고 싶다면 타인에게 먼저 좋은 사람이 되도록 세밀한 노력을 다해야 한다. 주위에서 누군가를 좋은 사람이라 칭찬하며 그에게 감동받았다는 일화를 들어보면 사실 그다지 특별한 것이 없는 경우가 더러 있었다. 그래서 처음에는 그 사람은 작은 것에도 잘 감동받는 스타일이라고만 생각했는데 사실 사소한 것을 챙기는 것이 더 어려운 일이다.

어쩌면 우리가 쉽게 넘겨버리는 '작은 것'들을 챙겨주고, 거기서 서로에게 '고마움'을 느끼는 사람이 큰 사람이 될 수 있는 자격이 있는 게 아닐까.

올해는 내 곁의 이들에게 세심한 애정을 베푸는 노력을 기울이기로 다짐해 본다.

PART 3
흩어져가는 순간을 모으다

두 번 다시, 폼페이

남편과 이탈리아 여행 중 남부지방을 둘러보는 1일 투어를 한 적이 있다.

아침 7시에 로마의 한 성당 앞에서 집결하여 이름을 확인하고는 한국인 관광객을 가득 실은 관광버스에 몸을 실었다. 혹시나 집결 장소를 제시간에 찾지 못해 버스를 놓칠까 새벽부터 일찍 서둘렀더니, 죽기 전에 가봐야 할 아름다운 길인 '아말피 해안'과 '폼페이'를 보러 간다는 설렘보다는 늦지 않고 약속장소에 도착했다는 안도감에 마음이 편해졌다. 얼마 후 가이드가 오늘의 일정에 대한 설명을 늘어놓는 사이 나는 몸이 노곤해지기 시작했다.

8일 동안 남편과 자유 여행을 할 때와는 달리 목적지의 정류장을 지나칠까 하는 걱정 없이 지나가는 풍경에 넋 놓고 있어도 되고, 잠이 오면 누가 먼저랄 것도 없이 동시에 눈을 붙여도 되니 좋았다. 누군가에 의지할 수 있는 시간이 때로는 이렇게 달콤하다는 걸 느끼니 여행의 막바지에 투어를 신청한 것이 탁월한 선택이라 생각되었다.

그렇게 단잠에 빠져 피곤함을 어느 정도 털어내고 나니, 어느덧 우리는 '폼페이'에 도착했다. 학창시절 교과서에서 보고 들었던 폼페이에 첫발을 내딛는 순간에 묘한 전율을 느꼈다. 쉽게 닿을 수 없을 것만 같았던 아득히 먼 이곳, 한때 자연재해로 삼켜졌던 참혹했던 현장 한가운데 서서 오늘의 햇볕을 오롯이 받고 서 있는 기분은 복잡 미묘했다.

이곳은 베수비오산 남동쪽의 항구 도시로 고대 로마 시대 귀족들의 휴양지로 각광받던 곳이었으나 서기 79년에 일어난 베수비오산의 화산 폭발로 화산재에 묻혀 사라졌다. 그러나 1748년에 발굴 작업을 통해 2000여 년 동안 화산재와 용암에 묻혀 있던 폼페이는 그 모습을 드러내기 시작했고, 화산 폭발 당시 빠져나오지 못했던 사람들의 모습도 발견되면서 극장, 도로, 수도관, 상점, 주택 등 시민들의 생활터전들을 볼 수 있게 되었다.

성별에 따라 옷장을 구분해놓은 조각상들과 화려한 모자이크로 수놓은 바닥 타일의 공중목욕탕은 정교하다 못해 아름다웠다. 화려함과 실용성을 둘 다 놓치지 않고 이렇게 멋지게 만들어진 폼페이의 유적들이 세상의 빛을 보게 되어 참 다행스러우면서 안타까웠다.

빛바랜 시간만큼 그때의 암울했던 모습도 볼 수 있었는데 어린아이와 개가 피하지 못한 용암에 그대로 굳어져서 있던 동상을 보는 순간, 가슴이 먹먹해져 말을 잇지 못했다. 그 당시 고통과 두려움에 울부짖는 어린아이의 표정이 그대로 전해졌다. 나는 그 자리에 서서 그 아이와 함께 희생된

많은 사람들, 그리고 폼페이의 넋을 위로했다.

　어쩔 도리가 없는 자연재해 앞에서 인간의 무력함을 받아들이니, 숙연해지는 것은 물론 이 양날의 칼과 같은 상황이 씁쓸했다. 저 멀리 보이는 베수비오산이 자신들도 어쩔 수 없었다고 말하는 듯했다. 그들 역시도 회색빛 가득한 황량한 도시를 내려다보며 한없이 마음이 무겁게 가라앉았을 것이다. 그들이 토해낸 용암과 흩뿌린 화산재만큼이나 말이다.

　서로 상처 주지 않고, 상처받지 않고 그렇게 서로가 온전해지는 방법은 없는 걸까.

　시간이 지나니 그 메마른 땅에도 노란 올리브 꽃이 이토록 아름답게 피는데.

북카페 피터캣(Peter Cat)

무라카미 하루키를 사랑하는 사람들이 모여 그의 책을 읽고 생각을 공유할 수 있는 곳, 무라카미 하루키의 책이 빼곡한 공간에서 그의 자취를 맘껏 떠올릴 수 있는 곳, 무엇보다도 무라카미 하루키를 애정하는 사장님이 운영하는 곳, 바로 홍대입구역 6번 출구에 위치한 북카페 '피터캣'이다. 하루키를 좋아하는 나는 예전부터 이곳에 가보고 싶었지만 생각으로만 그치기를 반복하다가 어느 날 그곳으로 향했다. 사실 꿈에서도 하루키가 나오는 요즘이라 어떤 방식으로든 그를 만나고 싶었던 것이 큰 이유이긴 했지만 아이를 데리고 지하철로 왕복 두 시간 걸리는 먼 여정을 나서려니 나름의 용기가 필요했다. 마음이 동한 오늘, 노키즈존의 여부를 확인 후 딸아이를 태운 유모차를 끌고 지하철에 올랐다.

사진으로만 보던 곳을 직접 찾아가서 보았을 때 기대했던 것과 달리 아무런 감흥이 없던 곳들도 있었지만 이곳은 달랐다. 골목 한 어귀를 돌았을 때 멀리서 'Peter Cat'이라 적힌 간판을 본 순간 가슴이 '쿵' 하고 내려앉았다. 하루키가 실제로 운영했던 도쿄의 재즈 바와 같은 이름의 카페, 저 문을 열고 들어가면 무라카미 하루키가 하이볼을 마시며 책을 읽고 있는 것도 아닐텐데 왜 그리도 떨렸는지 모르겠다. 그저 그의 얼굴이 인쇄된 에코백만이 걸려있을 뿐인데 말이다.

그렇게 들뜬 마음으로 카페에 들어서자 유재하의 '사랑하기 때문에'가 흘러나오고 있었다. 그 뒤로 이어져 흘러나오는 클래식과 재즈 음악들, 하루키의 소설에 등장하는 음악들도 나온다는 글을 보고 온 터라 더 귀를 열고 있었지만 들릴 리가 만무하다. 하루키의 재즈에 관한 이야기를 담은 "포트레이트 인 재즈(Portrait In Jazz)" 책을 보면서 재즈들을 들어보았지만, 여전히 그의 평에 공감하기에는 턱없이 부족함을 느낀다.

사장님과 간단한 인사를 하고는 서가에 꽂힌 책들을 둘러보며 자리에 앉았다. 일명 '하루키스트'들의 성지이기도 한 이 카페를 운영하게 된 사장님이 어떻게 이 카페를 열게 되었는지 궁금했다. 그가 한 출판사와 인터뷰한 내용에 따르면, 그는 지하철 출퇴근길에서 하루키의 책들을 많이 보았는데, 그 중 '노르웨이의 숲'에 나오는 서른일곱 살의 와타나베가 과거를 돌아보았던 그 시기가, 자신이 앞으로의 삶을 고민하던 서른일곱의 무렵이었다고 했다.

그 소설 속의 주인공처럼 자신도 다른 일을 해낼 수 있을 거라는 생각이 들었고, 결국 자신도 직장을 그만두고 '북카페 피터캣'을 열게 되었다고 했다. 쉽지 않았을 결정에 이르기까지 수많은 고민들을 다 들여다볼 수는 없는 일이지만, 그의 결단력과 용기가 대단하게 느껴졌다.

하루키처럼 피터캣 사장님이 본인도 모르는 일들을 앞으로 해내는 날이 올지도 모른다는 생각이 들었다. 문예지의 등단이 아닐지라도 자신이 만들어 낸 길 위에서 또 다른 물길을 만들면서 주위 사람들에게 영감을 주는 사람으로 말이다.

자신의 자리에서 견고한 철학을 지키면서 자신을 변화시킬 수 있는 유연함을 가지는 것, 결국 자신이 생각한 대로 삶의 방향을 바꾼 용기를 보여주었다는 것이 앞으로의 또 다른 가능성을 증명해준다. 무엇보다도 자신이 좋아하는 작가의 책과 음악들 위주로 자신의 삶을 채우고, '하루키스트'들이 즐길 수 있는 사유의 공간을 만들어 주었다는 것, 나 같은 하루키의 팬들에게는 그는 이미 '성공한 덕후'로 보여진다.

화려하지는 않아도 봄날의 포근함이 따사롭게 내려앉은 그곳이 다시금 떠오른다.

음악이 주는 울림

여행지를 추억할 때 그때 들었던 음악만큼 강렬한 연결고리는 없는 듯하다. 발리의 우붓에서 정글 스윙을 타러 가던 길에 들었던 'I love the mountains'의 경쾌함, 포지타노에서 살레르노 향하는 배 안에서 흘러나왔던 김동률의 '출발', 부다페스트 세체니 다리에서 맥주잔을 들고 마시며 들었던 'Viva La Vida Or Death An'.

일상으로 정착 후 우연히 그때의 음악들을 들으면 어느새 그곳에 서 있는 나를 발견한다. 음악은 그 장소로 나를 유유히 데려다주고는 아무런 대가도 바라지 않으면서 엄청난 일을 해낸다. 그래서 여행을 가면 어느 도시의 골목에서 어떤 노래를 만나게 될 것인가 하는 기대와 함께 그곳에서 듣고 싶은 노래를 미리 선정하는 일을 소홀히 하지 않는다.

음악이 주는 감정의 파노라마, 이 위대함을 느끼며 여행하는 일상은 꽤

황홀하기에. 우리의 삶에 음악이 잔잔히, 늘 함께 머무르기를 바란다.

영원한 건 없어요

모두가 저마다의 상자 속에서 살아간다.

어떤 날에는 어느 공간 속의 상자들끼리 한 치의 오차도 없이 따닥따닥 붙어서 자신들의 몸집보다 큰 상자 속에 실려 어디론가 가기도 하고, 또 어떤 날에는 그 상자들이 뒤엉켜서 곡예를 벌이기도 한다. 우리에게도 약간의 틈이라는 게 주어지면, 이러한 무질서 속의 혼돈을 경험할 수가 있다.

또 상자들은 자신과 같은 크기, 색깔, 질감 등의 차이를 논하며 그들만의 무리를 만들고자 한다. 그렇게 다른 겉과 속을 여닫기를 반복.

자신들의 칼날 같은 네 모서리를 보지 못한 채, 둥그렇고 뾰족한 것들과의 차이를 운운하며 한 상자 속에 담기기를 거부한다.

그렇게 홀로 이리저리 나부끼다가 언젠간 알게 되겠지, 너도 닳고 닳아 둥그렇게 될 수 있다는 것을.

취향을 기억해 주는 카페

나의 하루의 시작은 커튼을 젖히고 창밖의 하늘을 바라보는 것으로 시작된다.

오늘은 온통 잿빛 하늘로 곧 비가 쏟아질 것 같은 날씨이다. 이런 날 집에 있으면 반나절은 침대와 한 몸이 되어 누워만 있다가 하루를 허무하게 보내버린 것에 자책을 할 내 자신을 알기에 서둘러 카페로 나왔다. 집에 있었으면 한없이 쳐지기 딱 좋은 날씨지만 그 차가운 바람을 맞고 걷는 순간, 오늘은 하늘보다 내가 더 힘을 내고 있다는 생각에 알 수 없는 기운들이 느껴졌다. 흐릿한 세상이 배경이 되고 내가 주인공이 되어버린 기분이랄까.

그렇게 의도치 않게 심신이 가벼워진 날, 몸을 움직여서 이곳으로 오길 잘했다는 안도감이 든다. 늘 앉는 자리에 노트북을 펴고 한 권의 책과 색연필 한 자루를 테이블에 올려놓는다.

　이들을 아무렇지 않게 올려두는 것 같지만 나름의 규칙이 있다. 작은 책상 위에 노트북을 올리고 그 왼쪽 곁에 책을 두면, 글이 생각대로 써지지 않을 때 책으로 시선을 쉽게 옮기게 된다. 그렇게 책을 읽다 보면 나를 잡아끄는 문장을 만난다. 그 문장은 나를 한 박자 쉬어갈 수 있게 하는 동시에 또 나를 끌고 나아간다. 결국 책과 노트북을 넘나들게 되는 일련의 과정들 속에서 나는 썩 괜찮은 시간을 보내게 된다.

　이렇게 나만의 작업 준비를 끝내 놓고, 주문을 하기 위해 카운터로 갔다.

　앞서 줄 서 있던 사람의 주문이 끝나고 내 차례가 되어 한 발짝 움직였다.

　그 순간 직원이 미소 띤 얼굴로

"카페라테 드리면 되죠?"

"앗~네에. 감사합니다."

짧은 순간이었지만 그 얼떨떨한 여운은 내 자리로 돌아와서도 머물렀다.

흐린 하늘을 보며 하루의 질감을 더 잘 만들고자 했던 나의 의지가 여러모로 나를 일으킨다. 카페 점원에게는 단골손님의 커피 취향을 기억해 내는 건 대수롭지 않은 일일지언정 오늘의 나에게는 참 감사한 일이었다. 나의 취향을 나에게 건네주었다는 사실이.

카페에 갈 때마다 무슨 커피를 마실지 물어보는 남편보다 훨씬 낫지 않은가.

여보, 난 무조건 카페라테야. 기억해줘. 제발.

속초, 동아서점을 찾아서

미세먼지의 여파에도 불구하고 전국 유원지에는 가을의 정취를 즐기려는 사람들로 가득하다는 뉴스가 흘러나온다. 지금은 바야흐로, 단풍의 계절, 만추이다.

남편은 요즘 같은 날씨에 집에 있기 아쉽다며 주말 나들이를 제안했다. 쉬는 날에는 어디든 나가서 놀아야 제대로 쉬는 거라고 생각하는 남편이기에 나는 군말 없이 그를 따랐다.

남편은 나의 오케이 사인이 떨어지기가 무섭게 20분도 채 지나지 않아 문자를 나에게 보내왔다.

"2018. 11. 10 ~ 11(1박) 글램핑+디너+숙박 예약확정."

그렇게 이틀 후 우리는 강원도 평창으로 떠났다.

2시간 넘게 걸려 도착한 숙소에 짐을 풀고 아이와 함께 야외에 있는 숲놀이터로 갔다.

딸아이는 멀리서 그네와 미끄럼틀이 보이자 소리 지르며 좋아했다. 여기 저기 떨어져 있는 솔방울들을 줍고, 떨어진 나뭇잎들과 함께 구르며 온몸에 흙먼지를 덮어쓰고는 뛰어다녔다. 푹신푹신한 땅을 밟고 숲속의 공기를 맡으며 뛰노는 아이를 바라보니 뿌듯하기도 하면서 동시에 씁쓸했다.

밖에서 뛰어놀기 위해서는 공기가 좋은 곳을 찾아다녀야 하고, 공기가 나쁜 날에는 돈을 내고 갑갑한 실내에서 뛰놀아야 한다.

피톤치드가 지천에서 뿜어져 나오고, 내 몸의 중력을 받는 부드러운 흙들을 밟고 만지며 뛰노는 아이에게 자연보다 좋은 곳은 없다. 따뜻한 온기를 머금은 나무로 만들어진 미끄럼틀을 타고, 그네를 타면서 웃는 아이를 바라보는 것만으로도 흐뭇했다.

나무 사이에 매달린 해먹에 누워 가을 하늘을 올려다본다. 하늘 보는 것을 좋아하는 나이지만, 이렇게 두 발이 둥둥 떠 있는 상태로 올려다보는 하늘은 또 낯설다. 그리고 아름답다.

평창의 이슬을 한껏 머금은 나무 사이를 걸으며 하루를 보낸 우리는 평창을 떠나 속초로 향했다. 나는 여행을 가면 그 지역의 서점이나 책방을 들르는 것을 좋아한다. 그 지역의 유명한 맛집을 못가더라도 서점은 꼭 여행 일정에 넣고자 한다.

여행 중에 서점에서 쉼표를 찍게 되면 그곳의 기억은 한 겹의 필터를 입는다. 우리는 이번에도 그 효험을 기대하며 평창에서 한 시간을 달려 속초의 '동아서점'으로 왔다.

실제로 마주한 동아서점은 사진으로 많이 본 곳이라 그런지 낯설지는 않았지만 훨씬 더 깔끔하고 규모가 컸다. 새하얀 외관에 검은색 큰 글씨로

'동아서점' 그리고 그 옆에 작은 글씨로 적혀진 '개점 1956'.

동아서점은 3대가 대를 이어서 운영하고 있는 속초시의 대표 서점이다. 서점에 들어서자 나는 들뜨고 상기된 마음으로 서점 안을 배회하기 시작했다. 서점 안에 들어서서 처음 맞닥뜨리는 그 공기와 분위기를 놓치지 않으려 긴 호흡을 해대며 동아서점만의 냄새를 기억하고자 했다. 그리고 그 공간 속에서 내가 좋아하는 작가의 책을 찾아 한번 쓰다듬어 주고는 동아서점의 베스트셀러인 '당신에게 말을 건다'라는 책을 훑어보았다. 자신의 책방에 자신이 쓴 책이 베스트셀러로 올라가 있는 것이 어떤 느낌일지 행복한 상상도 해보면서 말이다.

대형서점들의 베스트셀러 순위와는 일치하지 않더라고, 그 서점만의 '시그니처 책'이 있다는 건, 오르락내리락하는 순위에 일희일비하지 않고 그 서점의 스타일을 공고히 할 수 있는 일이다.

훗날 내가 이루고 싶은 것 중 하나도 내가 연 책방에 나의 책들이 놓이는 것이다. 그런 순간을 맞이하게 되면 분명 속초, 동아서점에서의 기억들이 물씬 떠오를 것 같다.

어린 딸아이의 손을 잡고 속초의 바다 내음을 맡으며 들어섰던 그 서점에서의 추억들이 가득한 일기를 열어보는 재미를 꼭 느껴보고만 싶다. 민망해서 애써 외면하고 싶을지도 모를, 그 젊은 날의 호흡들을 말이다. 그렇게 나의 모습들을 그려보면서 너른 공간 속의 책들 속에서 천천히 숨을 돌렸다.

창가 쪽으로 길게 자리를 내어놓은 곳은 속초의 햇살을 다 잡아 가둔 것처럼 깊은 따스함이 감돌아 넉넉한 시간을 두고 오래 앉아 있고 싶어졌다.

이미 그곳에 자리를 잡은 사람들의 몰입의 순간들을 물끄러미 바라보면서 말이다. 그 다음 시선이 머문 곳은 동네서점에만 입고된다는 유명 출판사의 '쏜살 문고'.

대형서점에서는 살 수 없는 책이 여기에만 있다는 짤막한 문구를 통해 자신들의 입지를 드러내고 있었다. 대형서점과는 차별화된 전략을 통해 지역 서점에 도움을 주는 이런 마케팅은 괜찮은 상생 전략으로 보였다.

서점 입구 옆으로는 컨셉진, 매거진 B, 악스트, 릿터, 어라운드 등 트랜디한 잡지들이 자리를 잡고 있었고, 또 동아서점의 귀여운 굿즈들도 다양하게 전시되어 있어 소소한 볼거리를 제공했다. 대형서점에서 보지 못하는 것들과 또 볼 수 있는 것들이 적당히 섞여 있는 중형서점의 모습이랄까.

그렇게 서점을 쭉 둘러본 후 책을 골라서 계산대로 갔는데 보통의 계산대와는 달리 공간이 넓었다. 그리고 그 공간에 나란히 줄지어 놓여진 의자들, 그 의자에 편히 앉아 인자한 미소를 띤 할아버지, 어린 아기의 아빠로 보이는 아버지, 그 어린 아들이 있었다. 이 서점에 들어섰을 때 아이의 울음소리가 들렸었는데 그 장소가 바로 이곳이었다. 아이가 울거나 큰 소리를 낼 때마다 아이의 아빠는 아이를 안고 데리고 나가기를 반복했다. 그제야 이 공간의 규모와 활용에 대한 이해가 되었고, 그 서점의 진짜 단골손님을 어떻게 대우해 주는지 알 수 있었다.

가족경영의 폐단이 흘러넘치는 요즘, 뉴스에서 이런 모습들이 종종 흘러나오면 어떨까 하는 생각이 들었다. 손님을 맞이하고 보낼 때 건네는 지긋한 눈인사, 손길 닿는 곳마다 손 글씨로 꾹꾹 눌러 담은 정성 가득한 한마디, 그리고 편안한 분위기마저 대를 이어 손님들에게 건네는 주인장들의 그 무언의 배려를 말이다.

꼭 달콤한 것만 있는 건 아니지요

여행을 좋아하는 엄마를 만난 딸은 자신의 의지와 상관없이 많은 나라를 동행했다. 아이가 생긴 후 여행은 혼자일 때와 다른 모습의 형태로 변모해서 나를 시험에 들게 한다. 미리 준비해야 할 것도, 여행을 떠나서도 챙겨야 할 것이 많아 쉽지 않지만, 아이와 함께 하는 여행은 늘 비슷했던 나만의 여행 스타일의 한계를 깨뜨려준다.

육아는 엄마가 행복해야 아이도 행복하다는 말을 앞세워, 나의 행복을 위해 아이에게 행복하지 않은 여행을 전하고 있는 건 아닌지 늘 고심한다. 어쨌든 내가 원해서 하는 여행이기에 동행해주는 아이의 취향을 극진히 고려한다. 여행할 나라와 도시를 정하는 것부터 시작해서 숙소, 레스토랑, 미술관, 박물관 등 우리 아이가 좋아할 만한 요소가 있는 곳을 정해두고,

그 틈 사이에 나의 취향을 끼워 넣는다. 그렇게 모녀의 취향이 적정 비율로 반영된 여행 준비를 끝내고 낯선 도시로 도착하면 들뜨기 시작한다.

매일 아이의 반찬 걱정을 하지 않아도 되고, 층간소음을 의식해 조용히 걸어 다니라는 말을 내뱉을 필요도 없고, 잠들기 싫어하는 아이를 억지로 재우는 일을 하지 않아도 된다. 여행지에서 늘어진 시간만큼이나 확실히 내 마음도 여러모로 넓어진다.

얼마 후 내 방 침대의 포근함이 그립기 시작하고, 냉장고에 있는 신 김치를 꺼내 참기름에 달달 볶다가 물을 넣고 보글보글 끓여 흰 쌀밥에 쓱쓱 비벼 먹고 싶어진다. 이런 생각이 들기 시작하면 일상으로 돌아가야 할 시간이 다가온 것이다.

이렇게 여행의 피곤함과 다시 찾아올 그리움의 반복 속에서 그 피곤함마저 여행의 일부임을 안다. 집에 도착해서 반나절 정도 푹 자고 나면 개운한 기분을 느낀다. 캐리어의 짐 정리를 마치고, 캐리어를 원래의 자리로 되돌리고 나서야 비로소 우리의 이번 여행이 끝이 났음을 실감한다. 여행의 피로함을 달래는 과정이 끝나면 비로소 현실로 돌아와 있는 것이다. 하루키 아저씨가 느낀 피곤함과 같은 종류의 것은 아닐지라도, 피곤함도 동반하는 것이 여행임은 단언한다. 그럼에도 불구하고 다시 떠날 날을 꿈꾸는 것도 말이다.

견디는 힘에 대하여

2018년 4월의 봄,

나는 20대 초반에 썼던 일기를 펼치게 되면서 불안했던 그때가 불현듯 떠올라 콧등이 시큰해졌다. 신현림 시인의 '서른, 나는 나에게로 돌아간다'를 읽고 발췌해서 써놓은 부분을 보니, 분명 그때 나를 위로해 준 문장이 틀림없다고 생각했다. 철없이 지내도 될 시기에 그 문구에 마음이 쓰인 걸 보니 그때의 내가 가엽게 여겨지면서 한편으론 그때를 무사히 지나온 내가 기특하게 여겨졌다.

누구에게나 젊은 시절은 아득한 느낌으로 기억의 저편에 존재하며, 그 속에서 반짝반짝 빛나게 부영하던 모습이 있을 것이다. 잠깐이지만 '청춘'이라고 부를 수 있는 그 시절이 말이다.

아직 청소년기의 자아 중심성에서 완전히 벗어나지 못해 타인의 시선에서 쉬이 자유롭지도 못하고, 젊은 패기를 앞세워 세상에 굳세게 맞서지 못

했던 그 시절이 아쉬움으로 남는다.

　나이가 들어감에 따라 주어지는 책임감의 크기만큼 삶의 여유도 저절로
커지는 줄 알았다. 태양 빛이 모든 이에게 내리쬐듯, 내 행복감도 공평하게
주어지는 것이라 굳게 믿었다.

　안될 일을 부여잡고자 고군분투하면서 수많은 좌절을 겪고, 너덜너덜해
진 마음을 탈탈 털어내고, 상처받은 마음을 고이 접어버리는 과정들을 겪
어 내기 전까지 말이다.

　영원한 고통도 영원한 행복도 없다.

　이걸 느끼기 위해 수없이 흔들리고 부딪쳤다.

　이제 나는 삶의 무경계 속에서 양날의 무게를 받아들일 수 있는

　'마음 근육'을 키우는 일만 하면 되는 것이다.

과유불급, 온라인 세계

오프라인 관계보다 온라인 관계에서 소통하는 사람과의 친밀도가 더 크게 느껴지는 경우가 있었다. SNS를 하지 않는 친한 친구의 일상은 몰라도 안면 없는 인친(인스타 친구)의 일상을 더 자세히 알고야 마는, 그래서 마치 내가 그 사람과 오랜 친구인 마냥 그가 무엇을 좋아하고 누구와 어디에 사는지도 알게 된다. 실제로 나는 도산공원에 있는 어느 레스토랑에 갔을 때 깜짝 놀란 일이 있었는데 인스타로 자주 본 사람이 너무 익숙했던 나머지 손을 올려 인사를 건넬 뻔했었다. 이렇게 나의 오프라인 일상이 온라인에서 안면식도 없는 사람으로 인하여 영향을 받는 웃픈 일이 있었던 것이다.

굳이 알 필요도, 궁금하지도 않았던 것들을 보고 알게 될 때 느끼는 그

허망함이 쌓이면 피로도가 증가한다. 그렇지 않아도 제한된 용량에 과부하가 걸려서 가끔 오작동이 발생하는 나에게 이런 일이 가당키나 한 일인가. 그래서 나는 그날부로 습관적으로 SNS를 보는 일을 하지 말아야겠다는 다짐을 했다. 스스로 정해놓은 시간에만 하고, 다시 로그아웃을 해놓는 식으로 말이다.

그렇게 나의 계정은 몇 달째 로그아웃되었다. 작은 터치 한 번에 몸과 마음이 가벼워짐을 느꼈다. 물론 처음에는 무의식적으로 습관성 터치를 했지만 로그아웃이 되어 있는 터라 쉽게 휘말리는 일 따위는 없었다. 며칠이 지나니 정말 신기하게도 핸드폰을 들고 있는 시간이 확연히 줄었다. 더군다나 나는 SNS를 많이 하는 편이 아니었음에도 그렇게 내 의지의 시간들이 증가했다.

내 기분이 원치 않는 소음들로 일희일비 되는 일들과 남들처럼 무언가를 해야 한다는 강박이 없어졌고, 오직 나의 흐름대로 살아갈 수 있는 시간이 펼쳐졌다.

나에게 허락된 시간에 '나와 우리'에게 더 애정을 쏟을 수 있는 에너지를 비축할 수 있게 되었다. SNS를 하지 않았던 그 시절처럼 말이다.

인친들의 댓글과 그들의 '좋아요'의 빨간색 하트에 일희일비하며, 자신들의 팔로워 수가 마치 자신들의 진정한 친구의 수인 마냥 기뻐하고, 자신보다 팔로워 수가 적은 사람은 별 가당치 않게 여기는 형편없는 생각을 가진 사람을 만나고 나니 그 사람이 가엽고 불쌍했다.

무슨 일이든 지나치면 독이 되거늘, 자신만의 적정선을 지키며 살면 좋겠다.

오랜만에 내 일상에 인사를

카페에 노트북을 몇 번이나 들고 가서 펴기만을 반복, 그리고 집에서도 무심하게 켜놓고 불현듯 자리에 앉아 타자기를 두드리는 순간을 기다렸다.

내 마음이, 내 손가락이 타자기를 두드리는 그 회복의 순간을 말이다.

원고 마감 압박이라도 있었으면 빨리 돌아왔을 수 있지만, 마감해야 할 일이 없던 나는 약 세달의 시간을 보내고서야 돌아올 수 있었다. 그 쉬는 와중에도 하루에 몇 번씩 짧은 글들이 스쳤지만, 그걸 기록하는 일조차 쉽지 않았다. 지쳐만 가는 시간의 연속이었다.

지난 8월 여름, 임신으로 두 달 반 가까이 침대와 한 몸이 되어 일상생활이 어려울 만큼 무거운 시간을 보냈다. 그리고 아기와 이별 후, 나에 대한 자책과 함께 세상 우울한 감정들을 다 품고 살았었다.

그렇게 겹겹의 시간이 흐르고 쌓여 나는 지금, 와인 한잔을 곁에 두고 취중 글쓰기를 하고 있다. 술을 먹으면 금세 피곤함이 몰려오는 나지만, 이제는 적적한 공기를 음미하고 와인 한 모금에 번뇌를 삼키는 일을 곧잘 해낸다.

어쩌면 나는 다시 아무렇지 않게 일상들을 살아가는 게 두려워서 술의 기운을 빌려 얼렁뚱땅 용기를 냈는지도 모른다.

글이 잘 써지면 더할 나위 없이 좋겠지만 그렇지 않은들 어떠하리.

오랜만에 책상 앞에 앉아 나를 들여다보는 시간 자체가 깊은 위로인 동시에 새로운 시작이다.

타인의 시차

가끔 SNS에 내가 읽은 책에 대한 간단한 감상을 적어 올린다.

어느 날 그걸 본 친구가 나에게 자신은 책 한 권도 읽을 시간이 없을뿐더러, 지금 책을 본다고 돈이 나오는 게 아니라서 책을 보는 게 더 쉽지 않다고 말했다.

"아, 그렇구나... 그래 너는 그런가 보네."

이렇게 대충 얼버무리고는 끊어진 전화 틈 사이로 새어 나오는 씁쓸함에 멍해졌다.

시간이 많다고 책을 보는 것도 아니고 그 친구의 말대로 책을 본다고 정말로 돈이 나오는 것도 아니다. 또 못난 사람이 잘난 사람이 되는 것도 아니고 불행이 행복으로 바뀌는 삶이 되는 것도 아닐 것이다.

이건 어디까지나 내가 좋아서 하는 것, 나의 취향이다. 네가 맛집 투어 사진을 올리듯, 온전히 내 영역에 나의 일상을 올리는 것과 같은 것.

'돈이 나오는 게 아니라서'라는 말이 내 귀에 자꾸만 윙윙거리며 머물렀지만, 그것 또한 각자의 영역으로 남겨두기로 했다. 그것이 그의 삶의 태도이니깐.

우리는 각자의 가치관을 정립하고 그 안에서 우선순위를 두고 살아간다.

나와 완벽하게 같은 생각을 하는 사람을 찾는 건 애당초 불가능에 가까운 일이다. 한 지붕 아래에 사는 사람들끼리도, 같은 뱃속에서 나온 아이들마저 이토록 다른 성향을 가졌는데 내가 누군가의 가치관에 옳고 그름을 판단하는 건 참으로 피곤한 일이다.

단지 그는 나와 다른 성향의 사람이라는 것을 인정하기만 하면 된다.

타인과 나의 온도의 차이를 인정하면서 적당한 거리두기를 하는 것만이 나를 지키는 일이다.

아이와 여행의 시작

최근 여행 사진을 SNS에 올렸더니 친구들이 전화가 왔다.

곧장 몇 개의 질문들이 쉴 틈 없이 쏟아졌다.

"아기 데리고 여행 안 힘들었어?"

"비행기 안에서 아기는 어떻게 데리고 있었어?"

"아기 밥은 어떻게 무얼 준비해야 해?"

"비상약은 어디까지 준비해야 해?"

"여행 데리고 갔다가 아플까봐 걱정 돼. 밥 잘 안 먹고, 칭얼대고, 괜히 아기 수발만 들고 올까봐 걱정돼. 돈은 돈 대로 쓰고, 서로 힘들까봐."

나도 처음 아이를 데리고 가는 해외여행에서 그들과 똑같이 고민하고, 걱정했던 것들이다.

하지만 걱정과 달리, 일단 떠나보면 안다.

생각했던 것보다 해 볼만 하다는 것을.

어차피 집이든 밖이든 아이와 함께 있다면 챙겨서 해야 할 것들이 존재하는 법이고, 그것들을 장소가 다른 곳에서 한다고 생각하면 된다.

감기로 콧물이 줄줄 나는 아이를 데리고 따뜻한 나라로 갔더니 콧물은 언제 그랬냐며 자취를 감추기도 하고, 밥 먹일 때마다 한 숟갈 더 먹이기 위해 아이와 벌이는 신경전은 잠시 접어두는 아량을 펼치기도 한다. 좋아하는 간식들로 한 끼 정도는 때우고, 우유 대신 코코넛 쥬스로 갈증을 풀기도 한다.

매일 똑같이 반복되는 일상의 공간에서 벗어났다는 이유만으로, 나의 마음이 느슨해진다. 내 마음이 여유로워지기 시작하면 아이에게 적용되는 나만의 육아 규칙과 방법도 달라지게 된다. 그러면 아이도 나도 유연해지면서 내려놓을 수 있는 것들이 하나둘씩 늘어난다.

일단 여행지로 떠나보면 알게 될 것들에 선 걱정을 하다가 머리를 부여잡고, 내가 무슨 부귀영화를 누리겠다고 아이와 고행길을 택하냐며 지레 겁먹고 포기하지 말자.

비행기를 타고 구름 위로 내 두 발이 놓이는 순간, 아이와 함께 보낼 시간들이 설레기 시작한다. 나 혼자였으면 느끼지 못할 감정과 의욕들이 아이와 함께이기에 자라나는 것들이 분명 존재한다. 아이에게 많은 걸 보여주고자 하는 엄마의 마음을 넘어서, 엄마부터 즐겁기 시작하니 함께 하는 사소한 모든 것들이 다 경험이 되고, 행복한 순간으로 기억된다.

그렇게 내가 아이의 조력자가 아니라 아이가 나의 여행의 범위를 넓혀주는 동반자가 되는 순간, 아이와 나는 둘도 없는 여행 메이트가 된다.

일상으로 돌아온 후에도 함께 했던 시간을 떠올리며 반복되는 오늘을 감사히 여기는 있는 힘이 생긴다.

떠나지 않은 오늘도, 우리에겐 참 괜찮은 날이라고 말이다.

독서의 가치는 육아 속에서

　　결혼 후 출산과 육아를 하면서 나약해진 나에게 생기를 불어넣어 준 것은 독서이다.

　　내가 원하는 시간에 만나고, 보고 싶은 만큼 보고, 그러다 덮어두고 또 보고 싶어지면 언제든 볼 수 있는 책은 세상 가장 편한 친구, 아니 그 어떤 친구보다도 편하고 좋은 존재가 되었다.

　　서로의 스케줄을 조정해서 가능한 날을 정하고 손꼽아 기다렸다가 만나는 것이 아니라, 내가 필요할 때 손 뻗어 닿을 수 있는 곳에 있어 주는 책들은 내 감정 통로 역할을 해내는 소통의 창구이다.

　　아이가 없을 때는 내 몸 하나만 챙기고 나가서 누군가를 만나 대화를 나누는 것의 편안함을 미처 알지 못했다. 아이가 생긴 후, 어린아이와 함께

누군가를 만나 대화를 나누는 일은 생각처럼 녹록지 않았다.

아이를 데리고 그리 친하지 않은 사람을 만난다는 건 더군다나 더 애가 쓰였다. 아이가 나와 상대방과의 관계를 알아줄 리가 없을뿐더러, 대화에 집중해서 그 시간을 밀도 있게 이어나가게 가만두지 않았다. 아이니깐. 머리로는 백번 이해하지만 힘든 순간이다.

계속 대화의 흐름은 끊기고 아이를 어르고 달래다가 최후의 수단으로 비장의 카드를 꺼내든다. 아이가 좋아하는 스티커와 클레이로 대화의 시간을 이십 분 남짓 벌고 난 후, 아이가 또 꿈틀거리기 시작하면 젤리와 사탕을 건네준다. 금세 달콤한 것들을 해치우고 난 후 현재의 상황에 익숙해진 아이는 자리에서 일어나 움직이고 싶어 한다.

상대에게 양해를 구하기도 전에 아이는 이미 내 반경을 벗어나기 시작하고, 나는 아이의 꽁무니를 따라간다. 이렇게 정신없이 누군가를 만나고 돌아오는 길은 심신이 고달파져서 아무 말도 하기가 싫어진다.

양쪽 어디에도 마음을 온전히 쏟을 수 없었던 그 시간이 괜스레 서글퍼진다. 철저히 혼자 있고 싶은 밤이 되어버린다. 그러면 아이의 수면 패턴도 흐트러진다. 따뜻한 목소리로 책을 읽어줄 마음의 여유가 없을 뿐만 아니라, 괜한 화살이 남편에게 돌아가기도 한다. 나는 친구를 만나 제대로 대화 나누기도 쉽지 않은데, 남편은 말 한마디로 자유로운 저녁 시간을 보내고 들어올 수 있으니 말이다. 내 기분에 따라 남편의 속사정을 이해하고 싶지 않아질 때가 있다.

그러다 보니 책을 더 가까이하게 되고, 그에게서 받는 느슨한 즐거움을 느끼며 의지하는 사이가 되어버렸다. 책은 언제 어디서든 내가 두서없는 감정들을 쏟아내도 잘 받아내서 살려준다. 나를 품어주는 이해의 폭이 크다는 느낌을 확실하게 받는다. 맥락 없이 내가 뒤돌아서도 뒤가 허무하지 않다. 언제 어디서든 비벼대고 싶은 존재가 되어버렸다.

이제는 집에 읽을 책들이 쌓여있지 않거나 외출을 할 때 에코백에 책을 챙겨 나오지 않으면 무척이나 허하다. 잠깐이라도 생기는 공백 시간에 읽을 책이 없다는 건, 나를 불편하게 만들기까지 한다.

미처 책을 펼치지 못하는 날이 있더라도, 내 곁에 두는 것만으로도 든든함이 드는 걸 보니 나에게 더할 나위 없는 존재가 되어버린 게 확실하다.

PART 4
내면의 소리를 듣다

감성과 이성 사이

아이를 재우다가 나도 함께 잠들어 버리는 날이면 남편과는 집에서 말한마디 못하는 경우가 종종 있다. 부부끼리 대화를 많이 해야 서로 이해의 폭이 크고 화목한 분위기로 지낼 수 있다는 등의 부부 십계명은 글로는 잘 알겠다. 그러나 남편 오기 전에 아이를 재우다가 잠들어 버리는 나와 아침에는 우리 모녀가 깨어나기 전에 출근해버리는 남편을 어찌할 도리는 없다. 그렇게 일주일이 순식간에 지나가고, 한 달이, 일 년이 훌쩍, 우리는 그렇게 살아가고 있다. 어제는 남편이 회사를 마치고 지방에 문상을 다녀왔다. Srt를 타고 왕복 4시간이 걸려 새벽 1시가 되어서야 피곤함을 꾹꾹 삼키며 들어왔다. 서로 얼굴을 마주 보고, 간단한 인사만 주고받고 남편은 안방으로 들어왔다.

오늘은 정말 남편이 피곤하겠다고 생각을 한 날이건만, 우리가 이 시간에 동시에 깨어있다는 것만으로도 낯설고 또 좋기도 해서 나는 대화를 하고 싶었다.

나의 이런 마음을 모른 체하지 않고 받아주는 태도에 고마움을 느끼며, 그 틈새를 놓치지 않고 비집고 들어갔다.

"여보, 내가 쓴 글 봤지? 어때? 처음엔 글을 쓴다는 자체가 힐링이 되고 좋았는데 내 글이 다른 사람이 본다고 생각하니 의식도 되어서 그런가, 마냥 즐겁지만은 않네."

"그냥 마음 편하게, 시간을 길게 잡고 느긋하게 해봐, 오전에는 카페에서 글 쓰고 오후에는 지유랑 잘 놀아주고. 이렇게 하면 재미있을 거 같은데."

"그건 그런데, 어깨가 자주 뭉치고 손목도 아프고, 눈도 침침해."

이후 나의 넋두리는 계속 되었지만 남편은 나의 말에 적절한 추임새도 넣으면서 잘 들어주고 있다는 노력을 보였다. 가끔 긴 하품은 했지만 말이다.

"내 글 읽으면 어떤 생각이 들어? 공감이 되긴 해?

"음. 사실 나는 책 읽을 때 감상적인 부분은 다 패스해서 읽는 스타일이라서, 나는 책을 볼 때 객관적인 수치, 통계자료가 있는 정보성 내용을 주로 보거든, 기승전결이 있다거나, 서사적 흐름이 있는 책이라면 한마디로 결론을 요약할 수 있는 책."

"아 진짜? 그럼 지극히 개인적인 얘기나 감성들이 가득 한 글을 다 패스하면 에세이 종류의 책은 안 본다는 말이네?"

"응. 그렇지, 난 하는 일이 그래서 그런지 몰라도 대체로 결론이 있는 책을 위주로 봐. 객관적 증거가 존재하는 정보들이 주는 신뢰감, 정확성. 그런 걸 보려고 나는 책을 읽거든. 그래서 네가 보내주는 글을 보면서 '아, 이런 일이 있었구나. 그래서 그랬구나. 이렇게 생각하구나' 느끼고 말지."

나는 남편의 말을 듣고 머리가 띵해졌다.

우리는 연인으로서 그리고 부부로서 7년 가까이 지내면서 각자의 다른 취향 중에 공통분모가 늘어나서 삶의 가치관이 비슷해졌다고 생각했었다. 그래서 나는 내가 공감하는 것들을 남편 역시 공감하며, 거기에 맞장구를 쳐 줄 것이라고만 생각했던 것이다. 나랑 가장 가까운 사람이니깐.

내가 주로 쓰는 이야기는 나의 이야기, 육아 일상, 결국 우리 가족 범주에 속해 있는 얘기니깐 남편만은 내 얘기를 듣고 그 누구보다도 흥미로워하고 공감되는 폭이 클거라 생각했지만, 이건 나만의 착각이었다. 남편은 공감의 여부는 두 번째 문제고, 자신은 '이성', 나는 '감성'이 주로 지배하는 사람인 것이라며, 별 대수롭지 않게 우리의 다름을 짚어주었다.

가끔 남편에게 내가 쓴 글들을 보내면서 행간에 숨겨진 의미를 알아주기를 바랐고, 또 당연히 이해했을 거라 생각했다. 그러나 그것들이 나 혼자만의 일반통행이었다고 생각하니 조금은 서글퍼졌다. 우리는 서로 다른 인격적 주체이고, 그 전에 우린 뇌구조 자체가 다른 남녀이고, 그 누구와도 나의 마음과 완벽한 데칼코마니는 없다는 것을 다시금 인지했다.

함께 산다고 해서 서로를 다 아는 것이 아니라는 것을 말이다.

훗날 남편이 나의 글 중 한 대목이라도 공감해 줄 수 있었으면 좋겠다고 바라니, 내가 글을 쓰면서 욕심냈던 것들을 내려놓을 수가 있게 되었다.

나의 글을 읽고 작은 공감을 느끼는 독자가 있다면, 그것만으로도 깊은 감사를 느끼고, 또 나아갈 힘을 얻을 것이다.

Fix you

어제는 지인의 시아버지 장례식장에 다녀왔다.

아들의 결혼식이 끝난 직후 암을 선고받고는 몇 달간의 힘겨운 투병시간을 보내신 후 돌아가셨다고 했다. 결혼식장에서 며느리가 아닌 아들의 손을 잡고 환하게 웃으며 입장하시던 모습이 아직 눈에 선한데, 몇 달 만에 너무나도 다른 모습으로 마주한 이 상황이 애석하게 느껴졌다.

급격히 몸 상태가 악화되어 목소리가 나오지 않은 상황에서 침대에 누운 채로, 흰 종이에 한 글자씩 꾹꾹 눌려 쓴 글로 의사소통을 하셨다고 했다. 말을 못하게 된 당혹스러움보다 가족들이 슬퍼하지 않도록, 힘을 주어 더 정성스레 글을 써 내려가셨다고 했다.

"곧 괜찮아질 것이니 내 걱정은 하지 마라, 여기 신경 쓰지 말고 회사 일

열심히 해라."

　직장생활로 매주 울산과 서울을 오가는 아들에게 마지막 유언이 될지 몰랐던 쪽지를 남긴 채, 그의 아버지는 하늘나라로 가셨다. 자신이 고통스러운 시간이 보내고 있음에도 그런 자신을 보러 매주 먼 거리를 오가는 아들이 힘이 들까 봐, 직장생활에 지장을 줄까 봐 걱정만 하신 그 마음이 너무나도 슬펐다. 그리고 마지막 유언이 담긴 종이를 혹여나 잃어 버릴까봐 고이 접어 사진으로도 남겨 놓은 그 아들의 마음까지도.

　어쩌면 자신을 병간호하느라 힘들 가족들을 편하게 해주려고, 그 순간마저도 배려를 해서 조금 빨리 가신 게 아닐까 하는 생각이 들었다.

　아직 생과 사에 대해 잘 알지 못하며 그걸 논하기도 쉽지 않은 일이지만, 누군가의 부재를, 가족의 죽음을 맞이하는 것은 참 힘든 시간일 것이다.

　그리고 그 부재의 대상이 자신이 존경하고, 사랑했던 사람이라면 더욱이나 말이다.

　장례식장에서 한없이 슬픈 표정의 아들을 보며 가슴이 먹먹했다. 아직 보여주고 싶고, 들려주고 싶은 이야기가 많을 것인데 그럴 수 없다는 것, 이제 기억 속의 추억으로만 아버지를 떠올려야 한다는 것.

　그 어떤 말로도 위로가 될 수 없음을 알지만 Coldplay의 'Fix you' 가사를 빌려 작은 위로를 건네고 싶다.

보쥬 광장속의 나

몇 년 전 파리의 마레 지구에서 골목마다 숨겨진 편집샵들을 구경하느라 발이 아픈지도 모르고 걷고 또 걸었던 기억이 있다.

그렇게 걷다가 보쥬 광장(Place des Vosges)을 발견하고는 발의 피로를 풀 겸 벤치에 자리를 잡고 앉았다. 아픈 발을 꺼내어 움직여보면서 잔디밭에 누워 여유롭게 누워있는 사람들의 모습을 넋놓고 바라보았다. 잔디를 침대 삼아 바람을 이불 삼아 제집처럼 누워서 휴식을 취하는 사람들을 보며 아무 곳에서 널부러짐이 되는 몸과 마음이 부러웠다.

평소에 깔끔하게 집을 청소하기는커녕 적당주의를 표방하는 나이지만, 나만의 위생 기준이라는 게 있어서 닫힌 공간 안에서 먼지를 터는 행위나 잔디밭에 털썩 앉아 음료를 마시며 즐기는 행위를 쉽게 하지 못한다. 그 먼지들이, 진드기 벌레들이 내 몸에 오르는 상상을 하며 경계태세를 취하고, 갑자기 피어나는 내 팔의 소름들이 나를 지치게 하기 때문이다.

비둘기 떼가 구구거리는 그 공간에서 천 조각 하나 깔지 않고 잔디밭과 혼연일체 된 사람들과 연인의 무릎을 베게 삼아 누워 불어오는 바람을 맞는 커플들, 이어폰을 꽂고 낮잠을 청하고 있는 청년, 샐러드와 스낵을 펼쳐 놓고 수다를 떠는 소녀들.

모두가 나에겐 '내려놓음'을 자청한 모습이다. 사진에 찍힌 그들은 매우 자연스럽다.

푸릇한 잔디 사이의 이면에 숨겨진 정체들을 신경 쓰지 않고, 그 순간을 즐기는 사람들을 보며 나의 위생허용 범위와 편견들이 흐물거리기 시작한다.

에펠탑이 보이는 잔디밭에 앉아 맥주를 마시고, 개선문에 올라 샹젤리제 거리를 내려다보아야만, 루브르 박물관의 모나리자 그림 앞에서 인증샷을 찍어야만 파리를 여행했다고 말할 수 있는 것이 아니다.

어느 공원의 한 조각 풍경을 통해 내 안의 작은 기준들을 흔드는 것이 올 때 나는 비로써 숨을 토해 낼 수 있게 된다. 나에겐 익숙지 않은 그들의 삶의 단면들을 보면서 내 안의 작은 울타리를 훌쩍 뛰어넘는다. 그렇게 나의 파리는 보쥬 광장의 습기를 날려버리고 바삭하게 남아있다. 가뿐히 발걸음을 내딛는 나를 만난다.

나와 합이 맞는 공간

글을 쓰기 시작하면서 집 근처 카페를 전전하다가 이제는 한 곳에 정착했다. 처음에는 사람이 없는 조용한 카페가 좋겠다 싶어 집에서 조금 걸어가야 하는 곳이지만 언제 가도 조용한, 손님이 많이 없는 곳으로 갔었다.

아침 일찍 가도, 밤에 아이를 재워 놓고 나와도 늘 사람이 없는 카페라 마치 글 쓰는 나를 위해 존재하는 공간 같아서 좋았다.

그러나 글이 잘 써질 때는 별 상관이 없었던 것들이 글이 써지지 않는 순간이 오자 신경 쓰이는 것들이 생기기 시작했다. 수첩이나 핸드폰에 메모해 둔 글의 소재들이 소진되어 자꾸 멍하게 있는 순간들이 늘어났을 때 그 조용한 카페는 나에게 부담스럽게 느껴지기 시작한 것이다.

평소 느끼지 못했던 카페 사장님의 시선, 그리고 어제 있었던 사소한 일들을 떠올리며 여러 생각들이 섞였다.

영업이 끝날 무렵 손님이 없어서 마감을 일찍 하고 싶은데 괜히 나 때문에 못하는 게 아닌가 싶고, 또 이렇게 손님이 없는데 월세는 충당이 될까, 커피 한두 잔에 몇 시간씩 앉아 있는 나 같은 손님은 반갑지 않을 것이라는 별의별 잡다한 생각이 다 들었다.

그래서 다음날부터는 "아늑하고 편안한 객석에서 전문 쉐프가 만든 신선하고 맛있는 브런치를 즐겨보세요"라고 플랜카드가 걸린 프랜차이즈 베이커리로 자리를 옮겼다.

브런치 카페이다 보니 11시부터 2시까지는 내가 노트북과 한 몸이 되어 두 자리를 차지하고 있는 게 신경 쓰일 정도로 사람들로 북적인다. 1m 반경 안에서 사람들의 대화 소리는 파도처럼 밀려왔다가 부딪히고 사라지기를 반복한다. 나의 잡다한 생각들도 그 사람들 틈에 끼어들었다가 빠져나온다.

잡생각을 멈추기 위한 의식적인 노력보다도 그 속에 충분히 휘말려 있다가 나오면 제자리로 돌아온다. 그렇게 시간이 지나면 이 흐름에 익숙해져 이내 아무것도 들리지 않는, 나와 한마음으로 동행하고 있는 것들의 호흡이 여실히 느껴지는 순간이 오는 것이다.

때론 번잡함 속에서 사소한 것들이 무뎌지는 것들이 있다. 애써 상대와 보폭을 맞추려 애쓰지 않아도 자연스레 맞아 떨어지는 순간.

나와 합이 맞는 공간에서만 누릴 수 있는 것,

꽤 헤매고 나니 찾게 된다.

공간도 내 마음도.

살아있는 날들의 약속

"부모님 살아계실 때 여행 한번 못 모시고 간 것이 한이 돼요."라는 말.

누군가가 눈시울을 붉히며 이런 말을 하는 것을 한 번쯤은 들어보았을 것이다. 나는 아직 부모님이 정정하게 살아계시지만 이런 말만 들어도 가슴이 먹먹해지면서 눈물이 맺힌다. 그래서 내 통장에 돈을 더 넣기보다 부모님과 함께 하는 시간에 투자하자고 다짐을 했다.

반평생 맞벌이하신 부모님은 여행을 다닐 시간이 없었고, 간혹 여행을 가도 즐기는 방법을 잘 모르셨던 부모님은 딸과 몇 번의 여행을 함께 하고 나선 많이 달라지셨다.

쌀밥을 안 먹으면 탈이라도 나는 줄 알았던 부모님은 버터가 발린 빵과 커피 한 잔으로 아침을 여실 수 있게 되었고, 술이라곤 입에 대지도 않는 엄마는 프라하성 앞에서 마셨던 생맥주 맛을 잊지 못해 맥주 맛의 평가 기준이 '그때 그 프라하의 맥주'가 되었고, 여행 마지막 날에는 기념품샵에 꼭 들려 주방용품을 구입하는 것을 잊지 않으신다. 또 한낮 오후의 커피 한 잔 여유를 즐기시고, 긴 여행을 위해 체력을 안배하는 방법 또한 스스로 터득하셨다.

믿을 것이라고는 서로의 존재밖에 없는 곳에서 엄마는 딸의 다음 여행 코스를 기대하고, 그 딸은 엄마의 컨디션을 최대치로 고려하여 내일의 일정을 챙긴다. 이렇게 부모님의 여행력이 증가해서 이제는 여행을 놓기가 더 힘들어졌다. 훗날 부모님과의 시간을 많이 보내지 못한 것에 대한 후회를 이렇게나마 줄이고 있다는 것으로 위안을 삼아본다. 물론 다른 형태의 후회들이 남겠지만 말이다.

부모님과 함께 지금처럼 지구의 많은 곳에서 우리의 이야기를 만들어내고, 곳곳에 우리 가족의 내음을 심어두고 싶다.

마그넷의 향수

여행지에서 유일하게 주머니 속에 넣어오는 물건.

때론 값싸고 무척이나 가볍지만 각 나라의 정체성이 뽐내진

마그넷을 보면

나는 그 무게만큼 들뜨기도 하고 또 가라앉기를 반복한다.

어느 골목길에서 후덥지근했던 공기를

광장의 자유로운 노랫소리를 품은 마그넷은

허덕이는 삶의 지척에서 잠깐 뭍으로 올라올 수 있게

빡빡한 틈새로 그때의 바람이 들어올 수 있게

그렇게 나를 위로한다.

친절함의 미덕

임신 31주 5일 차에도 배가 나온 것 말고는 다행히도 힘든 게 없었던 나는 주변의 걱정 어린 시선에도 불구하고 오사카와 교토로 여행을 떠났다. 원래 체력이 좋은 편이긴 하지만, 첫째를 임신했을 때는 몸이 가벼워서 낮은 산이나 오름을 날다람쥐처럼 날아다녔다.

다만 개월 수에 비해 유난히 배가 컸던 나를 걱정을 하는 시선들에 조심을 해야겠다고 간혹 의식했을 뿐 잘 먹고 잘 돌아다녔다. 일본을 가야겠다고 생각한 후 사실 걱정되는 것들이 있었지만 아이를 낳고 나면 당분간 자유롭지 않을 그 상황이 더 두려웠다. 또 일어나지도 않은 일들을 걱정하며 주춤하고 있는 것이 나를 더 가두는 것 같았다. 그래서 혹시나 하는 걱정들은 고이 접어두고 일단은 떠나보기로 했다. 돌아오면 32주가 되는 그 만삭

의 몸으로 말이다.

호기롭게 떠나오니 이전의 노파심들은 생각조차 나지 않았다. 태중 아이의 컨디션을 고려해서 중간마다 쉬어가는 시간을 갖고, 해가 지면 일찍 숙소로 들어와서 쉬었다. 무리 없는 스케줄로 내가 가보고 싶었던 곳들만을 콕 찍어서 다니니 힘들다는 생각보다는 아이와 함께 하는 마지막 태중 여행이란 생각에 하루의 시간들이 소중했다.

무엇보다도 내가 편안하게 여행을 할 수 있었던 것은 같이 간 여행 메이트가 나에게 엄청난 배려를 해 주었던 것과 어디를 가든지 임산부인 나를 보고 배려해 주는 친절한 일본인들이 있었기 때문이다.

일본인의 친절한 국민성을 감안하더라도 그들에게 임산부로서 배려를 받는 것은, 출퇴근 시간에 탄 2호선 지하철 안의 분홍색 의자가 비어져 있는 것만큼이나 기쁜 일이었다.

사람들이 많은 곳을 지날 때 약간의 부딪힘이 있으면 그들은 정말로 큰 피해를 끼쳐 미안하다는 다소 절박한 표정까지 지으며 "스미마셍"을 연신 반복했다. 마치 몸에 터치가 있을 때마다 자동응답하는 로봇처럼 말이다.

가장 기억에 남는 일은 '금각사에서 아라시야마로 가는 59번 버스'를 탔을 때이다. 버스에 많은 사람들이 타 있어서 우리가 탈 수 없을지도 모른다고 생각하고 마지막으로 힘겹게 올라탔다. 그 순간 사람들이 홍해가 갈라지듯 길을 터주면서 여기 자리가 있다며, 안으로 오라는 손짓을 했다. 처음에는 나에게 하는 말인지 모르고 있다가 여러 사람들의 시선 집중을 받고는 그 주인공이 나임을 알아챘다. 괜찮다고, 몇 번의 손사래를 친 이후, 나는 엄마뻘 되는 아주머니의 완곡한 표정과 손길에 굴복해 결국 그 자리에 앉게 되었다.

두 다리는 편안했을지언정 아주머니의 입김이 닿는 거리에 앉아 가는 길은 꽤 불편했다. 아주머니의 손에 들린 쇼핑백이라도 들어드리겠다고 해도 한사코 괜찮다고 하시는데 나는 전혀 괜찮지 않았고, 임산부라는 이유로 나이가 한참이나 어린 내가 그분을 대신해 앉아 있는 것은 그야말로 가시방석이었다. 목적지에 도착해 버스에서 내리고 나서야 마음이 편해졌고 그 고마운 마음을 깊이 되새길 수 있었다.

버스 입구에서 남산만한 배를 안고 걸어오는 나를 보고 자신의 자리를 내어준 중년의 아주머니와 그녀와 같은 마음으로 이방인 임산부에게 길을 터주었던 일본 사람들.

그들은 타인에게 배려를 하기 위해 자신들의 시간 일부를 떼어 둔 것이 아닌가 싶었다. 그게 아니고서야, 어떻게 일분일초가 급한 출근 시간에 길을 물어보는 낯선 이를 위해 골목을 돌아 동행까지 해줄 수 있는지 말이다.

아무런 대가 없이 그저 웃으며 돌아가는 모습은 참으로 많은 걸 깨닫게 한다. 지하철에서 먼저 타고 내리기 위해 어깨를 부딪치며 미안하다는 말 없이 지나치는 인파 속에 서면 그때가 더 진하게 오버랩 된다. 자연스레 마음이 모아지고, 진심의 "아리가또 고자이마스"가 나왔던 순간들. 배려, 겸손, 친절, 검소함, 우리가 흔히 일본인의 국민성으로 일컫는 것들. 우리가 그들에게 취사선택해야 할 요소는 분명 존재해 보인다.

이제 일본에서 그들에게 갚을 도리 없는 빚은 지지 않기로 다짐한다. 모르는 길을 물어보고 그들을 앞세워 걸으며 나의 편리를 찾는 일은 하지 않는다. 다만 나는 그들이 보여준 친절함을 높은 가치로 받들며 살아가고자 한다.

딸과 첫 하늘 날기

첫 아이를 임신했을 때 남편과 나는 국내외 이곳저곳 여행을 많이 다녔다.

아이를 낳고 나면 지금처럼 우리의 컨디션과 스케줄만으로 움직이는 것이 쉽지 않을 거라는 생각을 했었다. 주위에서도 아이를 낳고 나면 지금처럼 자유롭지 못할 것이고 그러니 아이가 없을 때 많이 놀러 다니라는 말을 자주 들었던 것도 우리가 기를 쓰고 여행을 다녔던 이유 중 하나였다. 나역시도 아이가 태어나면 3~4년 정도까지는 어딜 움직인다는 게 힘들 것이라 생각했다.

아이가 태어난 후 여행을 떠나기 위해서 챙겨야 할 짐들이 몇 배로 늘어났고, 컨디션을 살펴야 하는 존재가 한 명 더 증가했지만, 우리는 더 많이 떠났다. 이전의 걱정들은 우리가 만들어 놓은 제약에 불과했던 것이다.

우리는 딸아이가 72일 되던 날 제주행 비행기에 올랐다. 태어난 지 세달도 안된 아이와 여행을 간다고 하니 주위 사람들은 놀라움과 동시에 갸우뚱했다.

"이렇게 어린 아기를 데리고 무슨 여행이냐, 그러다가 아프기라도 하면 어쩌느냐"를 시작으로 나의 모성애의 여부까지 의심받았다.

그런 말을 들으니 진짜 내가 너무 한 건가 싶다가도 이내 마음이 바뀐다.

집에서 바깥세상을 그리워하며 우울하게 시간을 보내는 것보다 일단 떠나보고 난 뒤에 판단하면 될 일이라 생각했다. 그렇게 조금은 무모하게 어린 딸과 여행을 감행했다.

주위의 아기 엄마들이 비행기 안에서 아이가 혹여나 투정을 부릴까봐 여행의 시작이 두렵다고 했다. 나 역시도 그랬다. 누구에게도 방해받고 싶지 않은 비행기 안에서의 시간의 가치를 알기에 더욱이 말이다.

말로 어르고 달랠 수 있는 나이도 아니고, 알 수 없는 이유로 울어대는 아기를 달래느라 진땀 흘릴 모습을 상상하는 것만으로 힘들다. 그럼에도 불구하고 이 어린 아기를 데리고 무사 비행을 마치기 위해서는 엄마가 할 수 있는 노력을 다하는 수밖에 없다.

이륙하기 전 아이에게 물이나 우유을 먹이면 고도 차이에 따른 압력을 덜 느낄 수 있다고 하니 젖병을 장착한다. 혹여나 아이가 귀가 먹먹해지고 비행기 엔진 소리에 놀라서 울기라도 하면 마지막 보루로 비상구 쪽으로 가서 안고 서서 있겠다는 나름의 시나리오를 짰다.

이런 우리의 준비태세가 무색하게도 딸은 비행기가 이륙하는 순간 자신에게 주어진 우유의 할당량을 다 먹고는 곤히 잠들었다. 참 다행스럽고 고마웠다.

이것만으로도 걱정의 반이 사라졌고 돌아오는 비행기 안에서도 잘 해낼 수 있을 거라는 자신감이 생겼다. 일단 부딪혀보는 수밖에 없다는 것을, 그리고 걱정의 많은 부분은 실제로 일어나지 않는다는 것을 말이다.

여하튼 협조적인 딸아이 덕분에 제주행을 첫 시작으로 우리는 세상을 향한 시동을 걸었다.

창문 넘어 몽글몽글한 구름을 보며 나는 혼자 되뇌었다.

딸, 이제 우리 시작이야!

호이안의 등불처럼, 너를

한국인들에게 인기 있는 여행지 중 하나인 베트남의 호이안(Hoi An)을 다녀왔다. 여행을 가기 전에 각종 블로그와 여행책을 통해서 호이안에 대해서 살펴보았을 때 노란빛으로 물들어 있는 그곳에 대한 기대가 컸다. 다낭에서의 완전한 휴식보다는 호이안에서의 관광이 더 그랬다. 우리는 계획대로 다낭에서 긴 휴식을 취하고 베트남에서의 마지막 날에 호이안으로 향했다.

이곳은 국제적 항구로써 동남아시아에서 가장 중요한 상업적, 문화적 교류의 중심지로 과거의 번영한 모습이 잘 보존되어 유네스코 세계유산으로 지정된 곳이다.

호이안 항구 이외에도 베트남 항구들이 국제항으로서 발돋움하기 시작하자 호이안은 경제적 침체를 맞게 됨으로써 시간이 멈춰버린 곳이 되었

다.

　입장권을 끊고 호이안의 올드타운을 들어서는 순간, 잘 보존된 영화 세트장에 온 느낌이 들었다. 이곳을 드나들었던 선원들이 다시 돌아와도 그때의 포근함을 느낄 수 있을 거란 생각이 들었다. 이어진 골목 사이로 그 공간을 빼곡히 채운 목조건물들과 빛바랜 벽들, 집들 사이마다 연결된 화려한 색들의 등불들, 그리고 투본강에 줄지어 떠 있는 나룻배들, 그 앞을 지키고 앉아 등불들을 내어주는 할머니들, 고즈넉한 가운데 화려함이 한 대 섞여서 색다른 향기를 자아내는 곳이었다.

　6월의 호이안은 무척이나 덥고 습했지만 딸아이와 함께 반짝이는 등불 아래 놓여 있다는 사실이 그저 좋았고, 가끔 투본강에서 미풍이라도 불어

오면 잠깐의 시원함 마저 감사하게 느껴졌다.

일상으로 돌아가면 지금의 더위마저 그리워질 것임을 알기에 '덥다'라는 말 대신 '좋다'라는 말을 내뱉으면서 우리는 좁은 골목을 나란히 걸었다. 수제 공예품들이 주를 이루는 기념품 가게들을 돌아보고, 루프트탑이 있는 카페에 들어가 코코넛 커피도 한 잔씩 하며 여유로운 오후를 보냈다.

곧 해가 질 무렵이 되자 호이안은 좀전과는 180도 다른 모습으로 우리를 다시 맞이했다. 호이안 골목의 등불들이 밝아오자 낮에도 예쁘다고 생각했던 곳들이 더 아름답게 반짝이며 빛이 났다. 누군가는 호이안의 진짜 모습을 보려면 밤에 꼭 와야 한다고 했는데 그 말에 절실히 공감을 했다. 해가 지기 전에 떠났으면 이 호사를 누리지 못했을거라 생각하니 아찔했다.

딸아이는 하나씩 켜지는 등불들을 바라보며 두 눈을 동그랗게 뜨고 등불에 가까이 다가갔다. 아이에게 이곳의 아름다움을 애써 일러주지 않아도 우린 충분히 잘 즐기고 있다는 기분이 들었다.

더운 공기 속에서도 남편의 팔짱을 슬그머니 끼게 되고, 딸아이의 축축한 뺨에 뽀뽀세례를 마구 퍼붓게 되는 그런 곳. 눈앞의 풍경들이 붙잡을 새 없이 흘러가도, 이어지는 호이안의 아름다움에 아쉽지가 않다. 빛바랜 노란 색의 건물들을 덮고 있던 초록 잎 넝쿨들이, 투본강 앞을 느릿느릿 지나가는 인력거들이, 서두를 것 없다고 천천히 흘러가자고 말해주는 듯했다. 그렇게 짙은 어둠이 내린 투본강에 드리워진 작은 불빛들을 바라보며 천천히 우리도 호이안을 떠나왔다. 색 바랜 노란 불빛들이 그리울 때 나는 그때의 시간을 떠올릴 것이다.

아이와 함께 나도 성장 중

얼마 전 아동 발달심리를 전공하는 친구의 제안으로 딸아이와 '모자 상호작용 및 사회 인지발달'에 관한 연구에 참여했다. 이 연구를 위해 두 가지 실험이 이루어졌는데 첫 번째는 주어진 교구를 이용하여 엄마와 아이가 상호작용하는 것을 통해 둘 사이의 애착 관계를 알아보는 것이고, 두 번째는 아이가 컴퓨터 영상을 보면서 유의미한 행동에 얼마나 반응하는지를 살펴보는 것이었다.

이 두 가지 실험을 거친 후 마지막에 엄마가 작성하는 설문지가 있었는데, 그 설문지를 작성하면서 조금은 놀라운 경험을 했다. 항목들을 예로 들면 "나는 지금 사랑받고 있다고 느끼며, 지금 누군가가 없어도 외롭지 않으며, 당장 누군가에게 감정적인 지지를 받고 싶은 마음은 없으며, 나는 내 의지대로 내 감정을 조절할 수 있다." 등 엄마의 자존감을 확인하는 질문들이었다. 나는 그 응답지에 대부분 "매우 그렇다" 혹은 "그렇다"로 체크를 하고 있는 게 아닌가.

어느 순간 달라진 나를 인지하고는 적잖이 놀랐다.

언제부터 어떤 방향으로, 무슨 취향을 가진 사람이 되었는지는 정확히 알 수 없지만 지금의 나는 분명, 예전의 나와는 달랐다.

적어도 나는 현재의 행복을 기약 없는 먼 곳으로 유예 시키지 않고, 타인에 의해 나의 기분을 방해받지 않도록 조절할 수 있으며, 혼자 있는 시간을 충만히 보낼 힘이 생겼다는 것, 내일 절망하는 순간이 온다고 해도 당장 두려워하지 않는다는 것이다.

아이를 낳고 아이의 변화되는 모습들에 관심을 쏟으며 지냈다. 그 속에서 나를 들여다보는 일을 소홀히 하지 않았다. 어느새 아이가 자란 만큼 나도 훌쩍 자라있었다.

미각을 잃은 슬픔

얼마 만인지 모르겠다. 일주일은 족히 넘었을 것이고 열흘쯤 되었나보다. 이렇게 다시 카페에 앉아 바삭한 크로와상과 따뜻한 커피 한 잔을 영접하게 된 것이.

목감기로 인하여 후각과 미각을 완전히 잃은 후부터는 커피를 의도적으로 멀리했다. 따뜻한 차만 계속 마시다보니 카페라떼가 얼마나 그리웠는지 모른다.

이 베이커리 카페에 들어오는 순간 빵들이 토해낸 그 고소한 냄새와 반질하게 정돈을 마친 빵들이 나를 반겼다. 유독 더 맛있는 빵 내음을 풍겨주는 걸 보니 그들 역시 오랜만에 이곳에 온 나를 알아보는 것 같았다.

이렇게 무언의 환영식이 끝나고 늘 앉던 자리, 콘센트가 옆에 있는 작은 테이블에 자리를 잡고 노트북을 꺼내 전원을 켰다. 그리고는 커피를 주문했다. 미각이 돌아왔음을 절실히 감사하며 목구멍으로 커피 한 모금을 흘려보냈다.

아침에 일어나 물 한 모금도 마시지 않았다. 오늘의 첫 시작을 이 커피 한 모금으로 열고 싶었다. 라떼의 고소함이 식도를 타고 내 몸에 퍼지는 그 순간을 조용히 느껴본다.

"아, 행복하다."

나는 무언가를 먹을 때 행복함을 느끼는 사람이다. 그런 내가 목감기로 후각과 미각이 마비가 되니 미쉘린 가이드 맛집을 가도, 단골집 떡볶이, 내 영혼의 수프인 순댓국을 먹어도 아무런 맛을 느낄 수가 없었다. 그때의 참담함은 나를 우울하게까지 만들었다. 몸이 아프면 입맛이 없다고 하지만, 나는 아무리 아파서 누워있어도 먹고 싶은 게 새록새록 떠오른다. 물론 그것들을 먹는다고 해도 제대로 맛을 느끼지도 못하고, 진짜 아픈 사람 맞냐는 오해도 받지만 말이다.

미각을 잃는다는 건 여러모로 일상 생활에 마이너스 요인이다.

아이의 반찬을 만들거나 국을 끓일 때 남편을 소환해서 간을 보게 해야 했으며, 화장실에서 담배 냄새가 올라온 것도 모른 체 아이를 데리고 들어가서 씻겼고, 냉장고 저 깊숙한 곳에서 야채가 불러 냄새가 피어올라도 무감각한 인간으로 살았다. 이런 나를 옆에서 도와주는 사람이 없다면 고립을 자초해 사는 것과 별 차이가 없을 것이라는 생각까지 들었다. 평소 잘 인지하지 못한 것들은 이런 결핍이 있어야 그것의 소중함을 느낄 수 있다.

열흘 정도 감기 바이러스와 힘겨운 대치를 끝냈건만, 나의 뱃살은 여전히 위풍당당한 모습으로 남아있다. 역시나.

의도치 않은 만남들

　여행을 하다보면 의도치 않게 유명한 장소들이 불쑥 눈앞에 나타나는 경우가 있다.

　우연히 버스를 타고 가다가 창밖으로 스쳤거나 혹은 잘못 들어선 길에서 만난 뜻밖의 선물 같은 순간들이 말이다.

　비엔나로 가기 위해 체코에서 블타바 강을 건너는 길에 만난 댄싱 빌딩 (Dancing Building), 로마에서 판테온을 둘러보고 젤라또를 사 먹기 위해 들어선 골목에서 훅 튀어나온 트레비 분수, 트램을 타고 가다가 콜로세움을 보고 놀라 무작정 다음 정류장에서 뛰어내렸던 순간이, 하루의 여정을 마치고 숙소로 돌아가는 길에 우리와 나란히 서 있던 훈데르트바서 하우스 (Hundertwasser House) 가 그러했다.

이런 우연의 만남들은 목적지를 정하고 가서 보는 것과는 다른 형태의 기쁨으로 여행의 또 다른 맛을 느끼게 해주었다. 효율성이라는 원칙을 놓치지 않으려 경계를 지어서 움직였던 초반의 내 여행 스타일이 무너지는 데 일조를 해주었고, 단순히 여행지를 찍고 찍으며 주변의 작고도 멋진 길들을 놓치기도 했던 바쁜 여행은 더이상 하지 않게 되었다.

많은 것을 보려고 하기보다는 햇살을 등지고 피어있는 작은 풀꽃을 바라볼 수 있음에 감사한다.

반복되는 일상에서 벗어나고 싶어서 나만의 틀을 깨고 싶어서, 어제와 다른 오늘을 꿈꾸며 여행을 떠나오지만 쉽지는 않다. 그곳에서 평소와의 다른 나로 살아보기 위해서는 그만큼의 '내려놓음', 그리고 나만의 테두리를 뚫고 나오려는 '확고한 의지'가 더해져야 한다.

여행 역시 삶과 같아서 내가 의도한 코스대로 흘러가지 않을 수 있다는 것.

욕심부리지 않고 나만의 속도로 한 걸음씩 내딛다 보면 우연한 보너스 같은 상황들에 작은 기쁨을 내 안에 들일 수 있다는 것.

목표하는 지향점과 가는 방법이 달라도 우리가 보고 싶은 것을 우연히 함께 볼 수도 있다는 위안이 우리를 또 살아가게 만든다. 또 떠날 수 있는 간절함을 키운다.

세상이 내 뜻대로 되지 않을지언정,

머가 두려운가. 일단 떠나보면 보이는 것들이 많은데.

PART 5
나만의 여정에 오르다

내가 바라는 것 하나

나이가 들면
사계절의 축복이 없는 곳에 머무르며
시원한 맥주의 청량감을 느끼며
소소한 것에 충만함을 느끼는 삶을 살고 싶다.

자산의 힘으로 자식들을 이끌지 않고
삶을 여유롭게 어루만지는 모습을
유산으로 물려주고 싶다.

이 세상을 즐기며 살 수 있도록
그 방법을 몸소 보여주는 것으로.

우리의 행복을 바라는 일

어릴 때 소원을 비는 날이나 자리에선 늘 '행복하게 해 주세요.'라는 막연한 기도를 했었다. 그 행복함을 구성하는 많은 것들 중 구체적인 무언가는 없었지만 어쨌든 나는 가정을 꾸리고 아이를 낳고 난 어느 날부터, 행복하다는 말을 왕왕하며 살아가고 있다. 내가 어린 시절 밑도 끝도 없이 행복을 운운했던 그 미지의 날들이 바로 요즘이 아닌가 하는 생각을 한다. 가시적인 업적을 이룬 것도 이전과 확연히 다른 모습의 삶도 아니지만, 지나간 어제와 다가올 내일이 불안하지 않고 오늘 하루 별일 없이 잠자리에 들 때면 행복한 삶을 살아가고 있다는 확신이 든다. 어릴 때 '행복, 성공'이라는 것은 광활한 달나라로 우주여행을 가는 것과 비슷한 종류이지 않을까 생각을 했는데, 실은 집 앞 카페에서 온기가 남아있는 크로아상과 커피 한잔을 먹는 것임을 알고부터는 소소한 일들에 기뻐하는 습관을 들이게 되었다. 물론 이 습관을 체득하기까지 나를 끊임없이 억누르고 현재의 즐거움을 유예해 온 시절들이 있었기에 가능한 일이다.

나는 스무 살이 훌쩍 지난 성인이 되고 나서야 해방감에 가까운 진정한 '자유로움'이란 걸 느끼기 시작했다. 각진 학교와 교실, 칠판, 책상, 공책, 명찰이 나를 규율에 얽매이게 했고, 나는 별다른 의식도 가지지 못한 채 그 틀에 나를 구겨 넣었다.

내가 공부라도 눈에 띄게 잘했으면 주변 선생님들의 칭찬이라도 흠뻑 받으면서 그 각진 공간 속에서 조금 느슨한 태도를 취했을지도 모르지만, 애석하게도 나는 그냥 적당한 학생에 불과했다. 그래서 생활기록부에는 공통적으로 '성실하고, 자기 맡은 바 일을 잘 해냄'이라는 말은 있지만, 특출나게 어디에서 두각을 나타낸다던가, '창의적'이라는 말은 눈 씻고 찾아봐도 없다.

공교육이 목표하는 것이 어쩌면 국가와 이 사회가 요구하는 적당한 인간을 양성해서 적당히 잘 살 수 있도록 해주기 위한 것인지도 모른다. 그 적당한 인간으로 양성되는 과정에서 시행착오를 겪으며 좀 더 대차게 살지 못한 게 가끔 후회스러울 때도 있다. 보호자가 존재하고 학생이라는 신분의 사회적 울타리가 있는 데 나만의 목소리를 내지도, 누군가를 흉내라도 내면서 대차게 살지 못했다는 나의 소극적인 태도에 아쉬움이 남는다. 막상 내가 그때 선생님들의 나이가 되고 보니, 어른이라면 당연히 지니고 있을 거라 생각했던 그 '대단한 무언가'가 없는데 말이다.

제대로 알지도 못하는 허황된 무언가를 쫓는 일을 더는 하고 싶지 않다.

살아가면서 이해되지 않는 것이 많아질지언정 무작정 견뎌만 내는 삶을 살지는 않을 것이다. 희망 고문이 필요한 시기는 지나갔다. 가끔 내 인생에 적잖은 반항도 해대면서 살고 싶다. 그래야지 내가 무엇을, 언제, 어디서 할 때 행복함을 느끼는지 알 수 있으니 말이다. 행복하게 해달라고 기도만 하는 것이 아닌 나만의 유일한 취향을 가진 사람으로 살아가고 싶다.

세상에서 제일 무서운 일

나이가 들어갈수록 경계해야 할 일 중 하나는 나쁜 습관의 고착화이다.

어릴 때는 주위 사람들이 잘못된 행동과 사고방식에 대해 충고도 해주고, 그런 환경에 의해 나를 변화시킬 유연성도 존재한다. 그러나 나이가 들어가는 어른에게는 그게 참 쉽지 않은 일이다. 세월이 흐르면서 자신만의 틀이 만들어져서 타인의 충고는 성가시고 듣기 싫은 말일뿐만 아니라, 그 충고를 충분히 수용한다고 하더라도 실상 자신의 잘못된 점을 고쳐나가는 변화의 모색은 쉽지 않다.

나이가 들어감에 따라 더 지혜로운 사람이 되어간다고 생각했던 건 나만의 큰 착각이었다.

내가 어릴 때 어른이라고 생각했던 사람들은 우리가 으레 걱정하는, 사소하지만 나름의 심각한 고민들을 수월히 넘길 줄 아는 '나름의 비법' 같은 것이 있을 거라 믿었다.

그래서 나도 어른이 되면 나이가 드는 만큼 마음의 품도 함께 커질 것이며, 지금의 자질구레한 번민 따위에 시간을 소비하는 일이 없을 줄로만 알았다.

그 나이가 된 지금, 그건 얄팍했던 나만의 착각임을 알게 되었고, 더불어 그때 어른이라고 생각했던 어른은 지금의 나와 별반 다를 게 없는 고민들로 밤을 지새웠을 것이다.

오로지 자신의 입장에서 끊임없이 상대를 재단하고
자신의 기준과 맞지 않는 것은 이유 없이 묵살하고
자신의 편이 취하는 이분법적인 태도에는 관대하며
타인의 진실된 감정과 호의에는 싸구려 호응을 일삼는.

나이와 결코 비례하지 않는 내면의 깊이.
조용히 입과 귀를 닫는다.
그게 나를 깊어지게 하는 유일한 방법이다.

반복된 일상의 시작

글을 쓰기 시작하면서 나는 다시금 출퇴근이 있는 삶을 살게 되었다.

아침에 아이를 어린이집에 보내고, 오후에 아이를 데리러 가는 그 시간까지 정말 치열하게 보냈다. 다른 사람과의 협업, 기한이 있는 업무처리, 그리고 퇴근 후 회식 등 타인의 의지에 영향을 받는 일은 없다. 물론 매달 정기적으로 들어오는 월급 역시 없다. 그렇지만 내가 원해서 하는 일이니 출퇴근길은 바쁠지언정 마음은 여유로워지고 있다.

출근길 만추의 풍경에 긴 시선을 던지다가 지각을 해도 눈치 볼 사람이 없고, 몸이 아프면 언제든 자체 연가를 쓰면 된다. 의도적으로 시작한 일은 아니었지만, 뭐든 시작하면 결과와 상관없이 꾸준함의 미덕만은 실천하고자 하는 나이기에 즐거운 마음으로 매일 내적 여행길에 올랐다.

아침마다 물기를 머금은 머리카락을 흩날리며 카페에서 커피 한잔으로

내 감각의 돌기들을 깨우는 일을 꾸준히 해오고 있다. 주 5일을 마시는 커피지만 늘 감탄스럽다. 진한 커피 한 모금에 밤새 느릿했던 뉴런들이 제자리를 찾아 바삐 움직이기 시작하며, 얼마 후 머리카락의 물기가 바짝 말랐음을 인지한다. 그 머리카락을 손가락으로 다듬으면서 한 박자 쉬어 간다. 한 번의 자체 휴식 이후의 시간은 무척이나 빠르게 흘러가고, 밀도의 간격은 촘촘해지기 시작한다. 혼자 누릴 수 있는 호사로움은 이 시간에 다 누린다. 곧 허둥지둥 노트북 가방을 챙겨 아이를 데리러 가야 하는 순간이 오면 자발성이 고조된 그 시간, 몰입의 시간이 더 조금만 이어졌으면 좋겠다는 생각을 한다. 그러나 하원 시간이 없으면 이것마저도 쉽사리 경험할 수 없다는 걸 잘 안다. 퇴근이 있어야 내일의 출근도 있는 것이니.

그래서 나는 오늘도 출근한다.

혼자만의 이 호사로움을 만끽하기 위해.

놀 계획부터 세워본다면

대학교 때 내가 존경하던 전공 지도 교수님께서 하신 말씀이 있다.

"열심히 공부할 계획을 세우기 전에 열심히 놀 계획부터 세워라."

그 당시에는 눈앞에 닥친 시험을 잘 쳐야 마음 편히 놀 수 있다고 생각했었다. 시험을 잘 치고, 학점을 잘 받아야 내가 원하는 목표를 달성하고 행복한 삶을 누릴 수 있다고 말이다.

그때 교수님의 말을 학생들에게 할 수 있는 흔한 교훈적인 말 중 하나라고 여기며 그 의미를 제대로 이해하려는 노력을 하지 않았다.

그래서 잘 노는 것에 대한 구체적인 계획을 세우지 않은 채 현재 내 감정들과 즐거움, 그리고 인간관계 등을 유보해두고 무작정 눈앞에 닥친 공부만 했다. 열심히 공부해서 시험을 잘 친 후에는 무엇을 하고 논다고 한들 그 해방감이 주는 기쁨에 재미가 없겠냐며 말이다.

대학 졸업 후 10년이 넘은 지금, 그때 교수님의 그 말씀이 불쑥 많이 떠오른다.

더 멀리 뛰기 전에 호흡을 가다듬고 멀리 도약하기를 기원하는 선수처럼,

주말의 달콤함이 있기에 평일의 긴 노동 시간을 견디는 많은 이들처럼,

설거지를 하기 전 고무장갑을 끼고 앞치마를 동여매는 엄마들처럼,

무엇을 시작하기 전에 밑 작업 해놓으면 훨씬 일의 효율과 성과가 좋아질 수 있다.

바둑판 모양의 스케줄표에 빽빽하게 채워진 할 일만큼이나 이 일이 끝난 후에 내가 즐길 일을 빼곡히 채워보는 준비 작업을 말이다.

이를테면 시험 기간에 개봉하는 영화 연달아 두 편 보기, 시험 기간에 유독 읽고 싶은 베스트셀러 책 쟁여놓기, 길어진 머리카락 다듬기, 알람 없이 늦잠자고 일어나기 등.

이런 작은 계획들만 세워 두어도 놀고 싶은 욕구들을 참아 볼 아량이 생긴다. 눈에 보이는 곳에 그들을 적어두는 것만으로도 나를 시험에 들게 하지 않게 도와주는 것이다.

더이상 추상적인 행복을 유예하지 않고, 구체화시켜 실현해 나가는 나와 당신이 되길 바란다. 달라지는 일의 역동성을 몸소 느낄 수 있다.

나를 이끈 글쓰기

내가 글을 써보기로 마음먹은 건 순전히 머리로 생각한 계산적인 일이
아니다.

깊은 단잠을 자고 일어났을 때에도

잡생각을 떨치고자 샤워기에 얼굴을 묻을 때도

다른 이의 책을 읽을 때도

아이와 누워 함께 책을 볼 때도

창밖의 해지는 풍경에 감탄을 하면서

가슴 속 깊은 곳에서 꾸물거리는 무언가가, 또 번뜩이는 섬광 같은 것이
존재했다.

　글을 이끄는 소재, 짧은 문장, 그리고 내 마음속 이야기들이 뇌리를 콕 콕 스쳤다.

　그 순간마다 나는 짧게나마 메모장에 그들을 잡아 두었다. 그리고 그 이 후에 시간이 생기면 노트북 앞에 앉아 그때의 감정과 이야기들을 풀어냈 다.

　나의 일상을 기록하고자 했던 처음의 의도를 넘어서 이제는 마음이 이 끄는 대로 쓰기 시작한 것이다. 그렇게 글을 쓰고 나면 마음이 비워지기도, 또 채워지기도 하면서 내면의 다른 나를 만난다.

　이것이 나를 이끈 운명의 순간들이다.

수영장에서의 독립

　5월의 어느 주말 아침, 우리 가족은 서울숲 산책코스를 걷는 것으로 하루를 시작하고 난 뒤 브런치를 먹으로 가기로 했다. 이른 아침부터 서울숲 입구로 걸어가는 데 강한 햇살에 정수리가 따가웠다. 그래도 공원 안으로 들어가 그늘 아래로 걷다 보면 좀 낫지 않겠냐는 생각으로 들어갔는데, 그늘보다는 햇빛을 그대로 받고 있는 길들이 펼쳐져 있었다. 딸아이는 어느새 볼이 빨개져서 "엄마, 땀나, 더워"를 외치고 있고, 남편 역시 여름이 빨리 와버린 것에 안타까운 마음을 내비쳤다. 나는 조금 더 들어가면 시원한 길이 나올 거라며 그들을 다독이며 걸어 들어갔다. 한강이 보이는 다리까지 왔음에도 시원한 기미는커녕, 도로의 뜨거운 매연까지 같이 올라와 우리 셋은 누가 먼저랄 것 없이 철수의 움직임을 보였다. 그렇게 한강으로 연

결된 숲의 길을 지나 돌아오는데 딸아이가 한강을 가리키며 "엄마, 저기서 어푸어푸하고 싶어."라고 했다.

지금 당장 물속으로 뛰어들어 열기를 단숨에 식히고 싶다는 딸의 심정을 우리 부부도 충분히 이해했다. 그렇게 즉흥적인 우리 부부는 브런치 대신 수영장행을 택했다.

수영장에 도착하자마자 일단 포슬포슬한 감자튀김과 생맥주 두 잔을 주문하고는 곧바로 코발트 빛깔의 물속으로 오늘의 더위를 퐁당 내던져버렸다.

딸아이는 물속에서 우리의 손을 뿌리치고 허우적대며 수영을 했다. 발이 닿는 유아 전용 풀장은 싫고 큰 풀장에서만 놀겠다고 떼를 쓰면서 물을 몇 번이나 들이켰다. 그럼에도 수영장 밖으로 나갈 생각은 없어 보였다. 저렇게 겁 없이 성인 풀장에 뛰어드는 아이를 보며 남편과 나는 너털웃음을 지었다. 이제 두 돌이 갓 지난 딸이기에 팔에 튜브를 끼고 수영을 한다 해도 눈을 뗄 수도 없고, 손 뻗으면 바로 닿을 거리에서 머물러야 한다. 그러기에 둘 다 아이의 안위만을 살피다가는 남편과 나 역시 수영장에서의 여유를 누리기 힘들다.

처음에는 아이와 함께 놀다가 주문한 음식들이 나오면 한 명씩 교대작업을 하기 시작한다. 나는 선베드로 올라와 두툼한 감자튀김을 매콤달콤한 칠리소스에 푹 찍어 먹고는 시원한 생맥주을 벌컥 들이킨다. 감자튀김과 맥주가 놓여진 쟁반 저 아래로 보이는 딸아이와 남편이 내가 꿈꿔왔던 부녀의 모습과 오버랩된다.

아직은 남편과 나란히 선베드에 누워 아이의 수영하는 모습을 마음 놓고 바라보진 못하지만, 서로를 저렇게 믿고 의지하며 물 위에 부영하고 있는 부녀의 모습을 보니 흐뭇했다.

독립적으로 자유롭게 물길을 헤치며 나아가기를 바라다가도, 점차 우리의 손을 필요로 하는 일들이 줄어들거라 생각하니 헛헛한 마음이 앞선다.

엄마가 늙어가도, 언제나 너의 손을 잡아 주고 싶을 거야.
생존의 도움이 아닌 존재의 온기만으로도 말이야.

딸, 그러니 조금 천천히 커 주길!

뿌리 깊은 나무

겉보기엔 그리 키가 크지 않은 나무지만 막상 그 나무를 다른 곳에 옮겨 심을려고 해보면 쉽지 않을 때가 있다. 끊임없이 이어지는 뿌리들 때문에 애를 먹으며 과연 끝이 있을까 하는 생각이 들기도 하고, 실제로 그 나무를 완전히 땅으로부터 꺼내었을 때 자신의 키보다 긴 뿌리를 보며 놀라기도 한다. 그 뿌리들은 어떻게 자신들의 영역을 넓히며 단단히도 자리를 잡고 있었을까?

보이지 않는 어둠 속에서도 끊임없이 그들의 영역을 넓혀 이렇게 굳건해지고 있었음이 새삼 경이롭게 느껴진다.

이를 바득바득 갈아봐야만 알 수 있는 것,

뼛속까지 억울한 감정이 무엇인지 이불 속에서 하이킥을 허공에 수없이 날려봐야 깨달을 수 있는 것. 어쩌면 그게 우리의 잔뿌리들이 되는 과정이 아닐까.

내가 가장 사랑하는 그것, 여행

공항에 내렸을 때 온몸을 감싸는 후덥지근한 공기

익숙지 않은 냄새들이 한데 뒤엉켜있는 높은 천장

무표정한 얼굴로 입국심사대에서 우리를 그 나라로 건네는 직원들

낯선 언어들로 적힌 수많은 광고들

그리고 형형색색의 택시들과 가로수 길의 낯선 나무들

그저 이국적인 모습이 나를 설레게 했을까?

흔들리던 내가 떠나왔기에 그런 것일까?

새로운 가능성을 품고 떠나왔기에?

많은 의문들 속에서 나는 정답을 찾지 못했다.

조건 없는 것들이 나를 사랑에 빠지게 만들었으므로.

여행지에서 주어지는 무언의 것들은 나를 진정으로 춤추게 만든다.

나의 사적인 행복

나는 친언니와 서로 누가 먼저랄 것도 없이 틈만 나면 전화와 문자를 주고받는다. 그만큼 우리는 가장 친한 친구이자 애틋한 사이로 서로의 곁을 여지없이 내어준다.

오늘 아침에도 어김없이 아이를 어린이집 보내자마자 통화를 했다. 조카의 어린이집 등원 여부를 묻고, 또 우리의 안부를 물으며 오늘의 스케줄, 어제와 내일의 얘기들을 맥락 없이 늘어놓는다.

그러던 중 언니의 한 마디가 내 마음을 훅 치고 들어왔다.

"너 이제 여행 그만 좀 가고, 살 좀 빼."

"너 옷도 좀 사고, 아이템도 사, 매일 똑같은 옷 입고 다니지 좀 말고."

"참, 그 찐빵 같은 운동화도 좀 버리고, 너 지금도 그거 신고 있지?"

순간 나는 낙엽과 엉켜있는 찐빵 같은 신발로 시선을 떨구었다. 그리고 보니 몇 년째 같은 운동화에, 임신했을 때 입었던 배가 넉넉한 바지를 입고 있다.

운동화 뒤축은 내 걸음걸이만큼이나 삐딱하게 닳아 있고, 바지는 무릎 부분이 흐물거리며 엉거주춤 나와 있다. 그동안 외적인 부분을 소홀히 했다는 생각에 마음이 바빠졌다.

내가 아무리 정신적으로 충만한 삶을 살고 있다고 해도 그걸 타자에게 증명해 보일 수 없다. 물론 누군가에게 내 삶의 모습을 보여 줄 필요가 없고 또 그럴 수도 없는 것이지만, 내 자신이 그런 감정들로 조금이라도 위축되어 진다면 그것 또한 내가 감당해야 할 몫이라는 생각이 들었다. 무슨 일이든지 균형을 잡는 것이 어렵다.

그럼에도 불구하고 나는 외적평가보다는 내적평가에 더 기울기로 했다. 물론 물질적인 것을 도외시하는 것이 한다는 것은 아니다. 나 역시 명품 가방과 비싼 옷들을 차려입었을 때 말쑥해지는 기분을 안다. 그러나 그것들이 주는 기쁨은 잠시 스쳐 지나가며, 진정 내 곁에서 오래 머물며 진한 여운을 주지는 못했다.

여행이라는 말만 들어도 심장이 간질거리는 그 설렘이 좋고, 하이볼 한 잔에 하루키를 떠올리며 흐뭇한 미소를 짓고, 오만 원이 넘는 티 한 장을 살 땐 몇 번의 고민을 하면서도, 읽고 싶은 책이 있으면 10권이라도 양손 가득 낑낑거리며 들고 온다.

나의 이런 취향들이 촘촘한 하루를, 즐거운 매일을 만들어준다.

평범한 일상을 사치스럽게 재탄생시키는 건 오로지 나만 가능한 일이다.

그러므로 오늘도 신나게 살자.

엄마라서 괜찮은 하루

초판 1쇄 발행 | 2020년 6월 22일

지은이 | 김미진
펴낸이 | 김지연
펴낸곳 | 생각의빛

주 소 | 경기도 파주시 한빛로 70 515-501
출판등록 | 2018년 8월 6일 제 406-2018-000094호

ISBN | 979-11-90082-56-3 (03810)

원고 투고 | sangkac@nate.com

* 값 13,200원

* 생각의빛은 삶의 감동을 이끌어내는 진솔한 책을 발간
하고 있습니다. 참신한 원고가 준비되셨다면 망설이지 마
시고 연락주세요.
이 도서의 국립중앙도서관 출판예정도서목록(CIP)은
서지정보유통지원시스템 홈페이지(http://seoji.nl.go.
kr)와 국가자료종합목록 구축시스템(http://kolis-net.
nl.go.kr)에서 이용하실 수 있습니다. (CIP제어번호 :
CIP2020022226)